智慧公主马小岚纯美爱藏本12

大秦公主
da qin gongzhu

马翠萝 著

化学工业出版社
·北京·

图书在版编目(CIP)数据

大秦公主/马翠萝著. —北京：化学工业出版社，2015.9（2024.9重印）
（智慧公主马小岚纯美爱藏本）
ISBN 978-7-122-24790-2

Ⅰ.①大… Ⅱ.①马… Ⅲ.①儿童文学-中篇小说-中国-当代 Ⅳ.①I287.5

中国版本图书馆CIP数据核字(2015)第176351号

原版书名：公主传奇 大秦公主 原版作者：马翠萝
ISBN 978-962-08-6019-5
本书为新雅文化事业有限公司授权化学工业出版社在中国内地出版中文简体字版本，仅限于在中国内地（不包括香港、澳门及台湾）发行销售。
未经许可，不得以任何方式复制或抄袭本书的任何部分，违者必究。
©2012 Sun Ya Publications (HK) Ltd.

北京市版权局著作权合同登记号：01-2013-7930

责任编辑：张素芳　　　　　　　　　　责任校对：陈　静

出版发行：化学工业出版社（北京市东城区青年湖南街13号　邮政编码100011）
印　　装：大厂聚鑫印刷有限责任公司
880mm×1230mm 1/32　印张 6¾　2024年9月北京第1版第10次印刷

购书咨询：010-64518888　　　　　　售后服务：010-64518899
网　　址：http://www.cip.com.cn
凡购买本书，如有缺损质量问题，本社销售中心负责调换。

定　　价：16.80元　　　　　　　　　　版权所有　违者必究

目 录

第 1 章　是谁启动了时空器　　　　　　5

第 2 章　回到秦朝　　　　　　　　　　11

第 3 章　蝴蝶效应　　　　　　　　　　26

第 4 章　神仙哥哥　　　　　　　　　　36

第 5 章　和古人共进晚餐　　　　　　　48

第 6 章　要不要拯救你，我的哥哥　　　59

第 7 章　假如父皇赐你死　　　　　　　71

第 8 章　寻找秦始皇车队　　　　　　　83

第 9 章　遇刺　　　　　　　　　　　　98

第10章	免死金牌	105
第11章	敢和皇帝对着干的女孩	114
第12章	皇帝的小福星	124
第13章	胡亥落水命危	133
第14章	大秦公主	142
第15章	小太监说出的惊人真相	152
第16章	钦差大臣	162
第17章	被黑衣人抓住了	172
第18章	挖洞越狱	180
第19章	小五来了	187
第20章	扶苏喝下毒酒	195
第21章	永别扶苏	203
第22章	扶苏的后人	213

第1章
是谁启动了时空器

农历十五的月亮高悬在夜空,皎洁的月色洒在月影湖上,一片银光闪烁。

湖边的映月亭里,摆满了中秋应节食品,马小岚和晓晴、晓星两姐弟正坐在那里赏月、吃东西。

"嗯,这月饼真好吃!"晓星拿着半块月饼大嚼,边吃还偏要说话,"还以为在这里吃不到正宗港式月饼呢!没想到不但吃上了,还这么美味!"

晓晴两个手指头拈着一小块月饼,用牙齿一点一点地咬着,慢慢品尝着。为保持美好身材,她一向不敢多吃油腻食物,尤其是月饼这种高脂肪的东西。她一边吃,一边

拿着个迷你播放器在看什么。

听到弟弟这样说,她撇了撇嘴:"还说自己消息灵通呢!连万卡哥哥早前请来了中国香港最好的点心师傅都不知道!"

"是吗?怪不得!万卡哥哥真好。"

晓星咽下嘴里的东西,拍拍胀鼓鼓的小肚子,满意地打了个饱嗝。他扭头问小岚:"小岚姐姐,万卡哥哥怎么还不来呀!"

小岚拿着杯果汁,用吸管慢慢啜着,听到晓星问,便说:"哦,他今晚要跟几位大臣商量紧急事情,完了才能来。"

"哦,好帅啊!"晓晴突然喊了起来。

"晓晴姐姐,你在看什么东西?这么吸引你。"晓星伸过头去看晓晴的播放器。

"电视剧,《秦朝风云》。"晓晴回答时,眼睛仍然盯着播放器的屏幕。

晓星嘀咕着:"真有那么好看吗?看得这样着迷!"

晓晴说:"当然。那公子扶苏,啊,帅得很,迷死人了!"

晓星撇撇嘴:"哦,原来你是在看帅哥。看你那花痴

样!"

晓晴说:"是又怎么样!要是我早生两千年,我一定会不惜一切去追他。典型的"高、富、帅",才华横溢、英俊潇洒……"

晓星打断晓晴的话:"姐姐,你别忘了,你看的是电视剧,不是纪录片,那扶苏是演员扮的。我看呀,历史上的扶苏,说不定是个丑八怪呢!"

"你!"晓晴圆睁双眼,"你这个坏小子,竟然敢诋毁我的偶像,我的梦中情人。看我太极掌侍候!"

晓晴不知跟谁学了几招花拳绣腿,近来常用来吓唬晓星。

晓星可不敢以身试"掌",虽然知道姐姐那点超低水平,但被她的长指甲抓一把,也是个大灾难。他赶紧躲到小岚背后:"小岚姐姐,晓晴姐姐欺负我!"

"你这小坏蛋,什么时候学会'猪八戒倒打一耙'。"小岚瞪了晓星一眼,"这回我可不帮你,扶苏是我喜欢的历史人物,我也不许你诋毁他。"

晓晴见有小岚支持,十分得意,马上把播放器放到小岚和自己中间:"小岚,我们一块儿看,不理那小坏蛋。"

"好啊!我最喜欢看历史剧。播到哪里了?"小岚往晓晴身边靠了靠,两个人脑袋挨着脑袋,看了起来。

"刚播到扶苏反对他父亲秦始皇'焚书坑儒''重法绳之臣',秦始皇不但不听,还把他贬到边塞……"

"咦,正到精彩处呢!"

晓星一开始还挺有骨气的,说:"好,你们看吧,看我把好东西都吃光!"

小岚和晓晴也没理他,两个人聚精会神地看电视剧,不时发出"啊、哦、咦、哎呀、哈哈"的声音。

晓星渐渐坐不住了,小声嘀咕了一句:"真有那么好看吗?"

说完,他便偷偷地跑到两个姐姐身后偷瞄。很快,"啊、哦、咦、哎呀、哈哈"的叫声里,多了一个男孩的声音。

晓星忍不住发起议论来了:"我喜欢蒙恬将军多一点。你看,他多英勇,又能打,人又正直,如果我早生两千年,我一定要跟他做好朋友!"

正看得入神的小岚跟晓晴马上回头瞪他一眼,异口同声地说:"眼看嘴别动!"

晓星只好不出声了。

看到秦始皇去世,赵高假传圣旨,要害死扶苏,扶苏站在荒野上,长发飘飘,衣袂飘飘,手拿长剑,英俊的脸上一片悲怆时,三个人都呜呜地哭了。

接下来的事情他们上历史课时都学过:扶苏冤死;蒙恬被押回京城、在狱中被害;胡亥当了皇帝,奸臣赵高把持朝政,民不聊生……

小岚不想再看下去了,每次读秦朝历史看到这里时,她心里都沉甸甸的。

晓晴呜呜哭着说:"扶苏死得真冤。"

晓星噙着眼泪说:"蒙恬死得也冤!"

小岚没作声,她仰起头,看着万里长空,思潮起伏:假如扶苏没有死,历史会是怎样的呢……

这时,晓星拍了一下桌子,说:"不行,我们得去救公子扶苏,救蒙恬将军!"

晓晴说:"你说什么?两千年前的人,我们怎么救?"

晓星从口袋里掏出一个黑色的亮闪闪的扁平盒子:"你忘了,我们有这个!"

晓晴惊喜地说:"咦,时空器!早前不是坏了吗?"

"是啊。它可能是可以自我疗伤的吧,反正莫名其妙

地又没事了。"晓星说,"小岚姐姐、晓晴姐姐,你们都愿意回去完成这个任务吧?其实不用问,你们肯定同意的。秦始皇去世的那年是公元前二一零年七月,那我们回那一年的六月份好了,留点时间好做事。好,我按了,公元前二一零年,六月,启动。"

"等等,晓星,我们什么都没准备呢!"晓晴话音未落,晓星已经启动了时空器,一股蓝光开始从他脚下升腾,瞬间,他已双脚离地,旋转着上升了。晓晴情急之下一把抓住晓星。

晓晴见小岚还在发呆,便喊了一声:"小岚,时空器启动了,快抓住我!"

见小岚没理睬,她急了,一把抓住小岚一只手。三个人升上空中……

第2章
回到秦朝

小岚被重重地摔在地上。

天旋地转的感觉仍在,脑袋混混沌沌的,小岚无法控制身体,也无法思考,她只好维持着摔下时的姿势,一动不动地躺着。

不知过了多长时间,脑袋逐渐清醒了点,小岚想,发生了什么事?自己不是和晓晴、晓星一起在映月亭赏月吗?为什么突然身体就不由自主地升上半空,翻滚旋转,然后掉落地上?

她想起来了,自己望着夜空遐想的时候,晓星好像说了些什么话。对了,他说,要回秦朝拯救公子扶苏和蒙恬

将军。

没错,他吃晚饭时曾经从裤袋里掏出时空器,说又可以用了,一定是他自作主张启动了时空器……

小岚一骨碌坐了起来。她发现右手的袖子划破了,露出一个大口子,头上扎的漂亮的马尾巴也散了,头发披在肩上。她又发现自己坐在厚厚的干草堆上,再四处看看,原来自己身处树林中。太阳刚从东方升起,阳光暖暖地照在身上。

没看见晓晴、晓星,小岚喊了两声,也没有人应,他们一定是落到别的什么地方去了。

小岚站了起来,树深林密,没法看得更远,自己真的已经到了两千年前的秦朝吗?秦朝时中国已统一,地域那么广大,自己到底身在什么地方呢?

这时,远远见到一个人走来,是个穿着古代服装、头发花白的老人,看他扛着一把锄头,应是个农夫。小岚急忙上前对老人鞠了一躬,问道:"老伯伯,您好!想向您问问路。"

老伯伯用惊异的眼光上下打量了小岚一会儿,才说:"小姑娘,你是胡人吗?"

中国古代称北方的游牧民族为胡人。游牧民族为了骑马方便,都穿着窄身衣服,跟当时汉人的阔袍大袖有很大区别。因为小岚穿着紧身的T袖牛仔裤,所以老伯伯那样问。

小岚顺水推舟地回答:"是的,老伯伯。"

她心想,还好自己留着长发,用橡皮筋松松地扎在脑后,要不在秦朝人的眼中就更怪异了。

老伯伯说:"小姑娘怎么一个人出门?你要去哪里?"

是呀,自己究竟要去哪里呢?小岚想,晓星和晓晴都很想救扶苏和蒙恬,他们一定会去扶苏和蒙恬身在的上郡,便对老伯伯说:"我要去上郡。"

老伯伯说:"这里离上郡很远呢!走路要很多天。小姑娘,你得雇辆车去。"

小岚想,雇车?自己哪有钱,还是见一步走一步吧!

告别老伯伯后,小岚开始上路了。先走出这树林再说,到了驰道,有车马路过就好了,到时最好能搭个顺风车什么的,就可以快点到达上郡,说不定晓晴、晓星止在那里等自己呢!

两千年前的树林,连空气都带着甜味;天空那个蓝啊,不带一丝杂质,通透得像一块美丽的宝石。小岚之前因为找不到晓星、晓晴又身处陌生地方的懊恼,一下子烟消云散了。她在路边采了一把小野花,放在鼻子下嗅着,心情很好。

只是,"咕咕咕",肚子在抗议了,要是有点儿吃的就好了。

眼前除了树木还是树木,小岚抬头张望,希望能在树上找到些果子,可惜眼睛都看酸了,也找不到,只好饿着肚子继续向前走。

前面影影绰绰出现了一些小茅屋,走近时,原来是一座小村庄。小岚很高兴,有屋子就有人,可以向他们要点儿东西填填肚子。

小岚走到一间茅屋门口,用手轻轻敲了敲那道用木柴钉成的门,大声喊道:"有人吗?"

里面有人应道:"谁呀?请进。"

有人呢!小岚高兴地推门走了进去。

屋子里光线很暗,小岚仅可辨认到一些简陋的陈设,做工粗糙的木桌椅,靠墙有张床。屋角是厨房,泥做的灶，上面有只铁锅。

怎么没看见有人？小岚又喊了一声："请问有人吗？"

"小姑娘，你找谁呀？"声音是从床那边传来的。

小岚这时已开始适应屋内的昏暗，她见到床上斜靠着一个中年女人。

小岚急忙上前，朝女人鞠了一躬，说："婶婶，我是路过的，因为肚子饿了，想问问有没有吃的。"

婶婶热情地说："锅里有玉米饼子。我眼睛不方便，你自己去拿吧！"

小岚这才发现婶婶眼睛茫然地看着一个地方，原来她眼睛失明了。小岚说声"谢谢"，便走到锅台那里揭开锅盖，看见里面有四五个玉米饼。

小岚顾不上客气，拿起一个玉米饼就吃了起来。玉米粉做的饼子，吃在嘴里很粗，味道也不怎么样，但小岚肚子饿，仍然吃得很香。

婶婶侧着耳朵听着，说："小姑娘，慢慢吃，别噎着。桌上有水呢，你自己倒吧！"

"谢谢婶婶！"小岚坐到桌前，倒了一碗水，几口把

玉米饼吃完了。

小岚吃完一个,擦擦嘴,不再吃了。婶婶好像知道了,说:"小姑娘,你别跟婶婶客气,再吃呀!"

小岚看见玉米饼并不多,不好意思再拿,便说:"谢谢婶婶,我饱了。"

婶婶说:"一个小小的玉米饼子哪能吃饱,再拿一个,再拿一个!"

小岚肚子的确还饿着,她谢过婶婶,又拿了一个吃着。

婶婶问:"你怎么孤身一人,你父母呢?"

小岚说了个谎:"我是齐国人,父母在战乱中去世了,来这里投靠亲友。"

婶婶叹息着:"可怜的孩子!"

小岚问婶婶:"您家里还有什么人?你们怎么选择在这人烟稀少的林子里生活呢?"

婶婶叹了口气,说:"我看你也是个好人,就不怕跟你讲吧!我丈夫是读书人,早几年皇帝焚书坑儒时被害了。我不敢留在城里,带着十岁的儿子逃了出来,躲在这深山老林。我的眼睛就是当时我慌忙逃走摔下山坡,撞到

石头上伤了导致失明的。我们这座村子几十户人家，都是当时焚书坑儒时死里逃生的儒生和他们的家人。"

小岚愣住了，她把手里的半个玉米饼放在桌上，心里又难过又自责。一个失明女人，带着个十来岁的孩子，生活有多艰难啊！自己还把他们的粮食吃了……

婶婶好像知道她心里想什么，忙安慰说："小姑娘，别担心。有个好心的山有公子，他知道我们的情况后，很同情我们，每月都定时派人送吃的来，每户派发，对我们这种没有劳动力的人家还特别关照。所以，我们日子虽然过得清苦点，但起码不会挨饿。"

小岚很感动，说："这山有公子真是个好人。"

婶婶说："是呀，要不是有他接济，我和儿子恐怕早就饿死了。我们村里的人为了记住他的大恩大德，还把这村子命名为承恩村。"

小岚心里着实佩服这位山有公子，他不但有着一副好心肠，而且还很勇敢呢！公然接济逃亡在外的儒生和儒生家眷，让朝廷知道了，那可是大罪啊！

小岚吃了两个玉米饼子，肚子不饿了。她看看自己一身打扮，实在跟这秦朝格格不入，便问道："婶婶，我出

门时没有带替换衣服,您能卖一套给我吗?"

婶婶说:"可以啊!墙角那个木箱里有些旧衣服,你自己去挑吧!"

"谢谢婶婶!"小岚打开箱子,见里面有几套衣服,虽然很破旧,但还干净。她拿了其中一套褐色的,换掉了T恤、牛仔裤。

婶婶问:"还合身吗?孩子,走近点,让我摸摸看。"

小岚走近,婶婶把她从头摸到脚,说:"嗯,还算合身。不过,你的头发怎么全散了,来,让我给你梳梳。"

小岚乖乖地坐在一张小凳子上,让婶婶给她梳头。婶婶虽然看不见,但手仍然那么巧,一会儿就给小岚梳了个好看的秦代少女发式。

"谢谢婶婶!"小岚高兴地说。

又吃又拿的,得给钱呀!小岚摸摸身上,没有什么值钱的东西,正着急时,想起自己头上戴着的珍珠发夹,便急忙拿了下来。这珍珠发夹应该值点钱的,就留给婶婶吧!

小岚把发夹放进婶婶手心,说:"我身上没钱,这珍珠发夹就当是我买食物和衣服的钱吧！"

谁知婶婶一听马上急了，她一把抓住小岚的手，把珍珠发夹塞回给她："就两个小饼子，一件旧衣服，那值什么钱，这珍珠发夹我不能要！"

小岚见婶婶这样，也不好硬给她，便说："好吧，那我就恭敬不如从命了。"

小岚从婶婶手里取回珍珠发夹，又悄悄地放到桌子上，然后说："婶婶，我要走了，谢谢您的招待。"

"不用客气。"婶婶又说，"或者你等会儿再走，我儿子去打柴快回来了，让他送你一程。"

小岚说："不用了，谢谢婶婶！婶婶再见！"

婶婶说："好，好，你慢走，路上小心！"

小岚答应着，走出了小茅屋。

走了几步，小岚一脚踢到了什么东西，她弯腰捡了起来。这东西她去山区探访贫穷孩子时见过，叫弹弓，那里的小朋友还热心地教她玩。当时小岚很快就学会了，还打得很准，令那些小朋友都很崇拜她。

没想到秦朝也有这玩意儿。用它来防防野兽或小流氓什么的也不错啊！于是小岚就把弹弓揣在怀里了。

吃饱了肚子，走路也有劲了，只是那一身秦朝女服绊手绊脚的，怎么也走不快，小岚紧赶慢赶，希望在天黑前走出树林。

忽然听到前面有人呐喊的声音，还有铁器碰击发出的"哐哐"声，小岚跑了几步，一看，啊，有两个人各拿着一把长剑在打斗呢！那两人一个穿着紧身衣，脸上蒙着块黑布，是影片上常见到的那些杀手装扮；另一个是穿着白色阔袖长袍、文人雅士打扮的年轻人。

小岚急忙躲到树后面，仔细观察着。那蒙面人似乎想要年轻人的命，剑剑凶狠，直刺向对方要害；而那年轻人看来只有招架之力，险象横生，眼看要死于蒙面人剑下了。

小岚最爱锄强扶弱，她决定出手救那年轻人。硬拼是不可能了，自己虽然会点儿功夫，但绝不是那蒙面人的对手。怎么办？小岚突然想到怀中弹弓，对，就用弹弓对付蒙面人！

小岚急忙拾起一颗石子，瞄准蒙面人一射，"扑"一声正中蒙面人手背。蒙面人猝不及防，手一松，剑掉落地上。年轻人趁此机会，一剑朝蒙面人刺去，正中他肩膀。

蒙面人腹背受敌，顿时手忙脚乱，或许他以为对方救兵到了吧，不敢恋战，慌忙逃走了。

那年轻人也不去追，看着他逃去。

小岚向来施恩不图报，所以也不打算露面。她继续躲在树后面，只想等年轻人离开就继续走自己的路。

"恩公，请出来一见！"没想到，那年轻人朝她这边作了个揖，又喊了一句。

看来不出去不行了。小岚从树后走了出来，向年轻人走去。那年轻人看上去约二十多岁模样，丰神俊朗，身材挺拔，给人气度不凡的感觉。

那年轻人直愣愣地看着小岚，也许他没有想到，救自己一命的竟是个漂亮女孩子。

小岚走到年轻人面前，年轻人这才清醒过来。也许觉得自己这么直愣愣地看着人家女孩子，有点儿不好意思吧，他慌忙拱手作揖，说："在下路遇劫匪，幸得小女侠相救，感激不尽！"

小岚想，这年轻人没有说出真相，那蒙面人横看竖看也不像是劫匪那么简单。但她也不想捅破，每个人都有自己的秘密，何必去深究呢！

于是小岚晃了晃手中弹弓,微笑着说:"不必多礼,我只是耍了点儿小孩子把戏罢了。公子能脱险,也是上天庇佑。"

年轻人说:"小女侠太谦虚了,救人一命,胜造七级浮屠。请问高姓大名?"

小岚说:"你叫我小岚好了。"

年轻人说:"我叫秦仁。不知小岚姑娘希望我怎样报答?"

小岚笑道:"不用报答。不过,如果你帮忙把我送到上郡,那我就感激不尽了。"

年轻人忙不迭地说:"小事一件!可惜我有要紧事要办,不能亲自送你去上郡。不过,我可以先把你送到驰道边上,然后替你雇辆车。"

"啊,太好了!"小岚高兴得在地上转着圈,连声喊着,"谢谢秦大哥,谢谢秦大哥……"

她哪能不高兴呢!要是走路到上郡的话,不知道要走多长时间呢!而且还会产生许多问题,吃饭、住宿……要知道,自己身上没有分文,这大哥哥真帮了自己大忙呢!

年轻人看着轻盈地舞动着的小岚,脸上露出抑制不住的

笑容。他还是第一次见到如此侠义又美丽活泼的女孩子呢!

他没再说什么,只是吹了一下口哨,马上听到"嗒嗒嗒"的声音,一匹高头大马朝他们跑了过来。

年轻人把小岚抱起,放在马背上,自己也一纵身跳上马背,"驾"喊了一声,马儿就撒腿跑起来了。

原来离驰道已经不远,只一会儿就到了。驰道,也是中国历史上最早的"国道",秦始皇统一六国后第二年,就下令修筑以咸阳为中心、通往全国各地的驰道。年轻人下了马,小岚刚想随后跃下,年轻人却一伸手,把她抱了下来。

"谢谢!"小岚说,"啊,这就是秦朝的驰道吗!俗话说:要想富,先修路。修筑驰道大大有利于全国的客运和物资交流啊!秦始皇在这件事情上真是功德无量。"

年轻人听了,带着欣赏的笑容看着小岚:"你这小女孩,还很有见识呢!"

这时,驶过来几驾马车,一见有人站在路边,便都过来兜揽生意:"公子,要坐马车吗?"

年轻人看了看那几个马车夫,对其中一个五十来岁、外表慈祥的伯伯说:"老伯,就劳烦你送这小姑娘去上郡!"

"好，谢谢公子！"老伯伯高兴地说。

年轻人掏出一锭银子，交给老伯伯。老伯伯一看，慌忙摇手说："公子，不用这么多。"

年轻人说："多出的是赏你的。请你务必把这小姑娘平安送到目的地。"

老伯伯连声说"谢谢"，然后说："公子，您放心好了，我一定会把小姑娘平安送到的。"

年轻人满意地点点头，又对小岚说："那我们就此别过。小岚，上车吧！"

小岚说："秦大哥，小岚在此谢过。后会有期！"

年轻人朝小岚挥挥手，说："小岚姑娘，后会有期！"

第3章
蝴蝶效应

秦大哥还挺会挑人的,赶车的老伯伯果然是个好人,一路上对小岚照顾有加,而且还热心地回答小岚的各种问题。尽管有些问题在老伯伯看来稀奇古怪的,但他还是一一回答了。

从老伯伯那里,小岚打听到了,现在是公元前二一零年六月。

据历史记载,秦始皇此时正进行他的第五次南巡,因为生病,车队正在返回首都咸阳,但没能如愿,七月份他便在沙丘去世。赵高和李斯就是在秦始皇去世后,假传圣旨,害死扶苏和蒙恬的。

是想办法救这两个人,还是只当一个历史的旁观者?

说老实话,对于扶苏和蒙恬,一个是德才兼备的贤人,一个是忠勇无比的将军,他们被奸人所害、含冤枉死一直很令小岚痛惜。能有机会救他们,也是小岚很想做的事。

但是这样做的后果,会改变历史,会引起一连串的连锁反应,甚至……小岚不敢想下去了,先找到晓晴、晓星再说吧!

不知过了多长时间,老伯伯掀开车厢的布帘,对小岚说:"小姑娘,到上郡了。这里要通过一个狭窄的市集,马车不能进,我只能送你到这儿了。"

小岚下了车,见前面的市集店铺林立,人来人往,便问:"伯伯,这里离蒙家军的驻地远吗?"

"不远。走出市集,再往左拐,穿过一个小树林,便可以见到蒙家军高高竖起的旗帜。"老伯伯用手指了指方向,又问,"小姑娘,你是去军营寻亲的吧?"

小岚随口答道:"是的,我哥哥在那里。"

"蒙家军全是英勇的保家卫国好儿郎啊,小姑娘,你应该为你哥哥感到骄傲。"老伯伯一脸敬仰地看着小岚,好像她就是蒙家军的人。

小岚曾经从史书上得知蒙恬军队骁勇善战,现在见到连一个马车夫都如此仰慕,心里更相信了。

老伯伯从身上掏出一个小布包,往小岚手里一塞,说:"那公子给一锭银子太多了,我不能要,这是找给你的碎钱。我走了!"

老伯伯接着把鞭子一挥,嘴里"驾"喊了一声,马就跑起来了。

这钱是秦大哥赏给伯伯的啊,自己怎可以要呢!小岚急忙追了上去:"伯伯,伯伯,您等等,等等!"

但是马车越走越快,渐渐看不见了。

小岚只好停住脚步,打开小布包一看,里面有一把外圆内方的铜钱。小岚心想,自己拿了秦大哥给伯伯的赏钱,还真是有点不好意思,但说实话,在目前身无分文的情况下,这钱也是帮了自己大忙呢!

伯伯啊伯伯,您真是个好人啊!

市集挺热闹的,两边开了很多店铺,卖米的、卖布的、卖古董的、卖药的,应有尽有。路两旁也有一些临时摊位,大多是卖菜、卖熟食、卖小商品的。

小岚摸摸肚子,也有点儿饿了,心想不如先去买点儿吃的,然后再在附近找晓晴他们。

闻到前面飘来蒸饼的香味,小岚便向前走去,突然听到有个粗粗的女人声音在骂人:"你快走开,用一张画片就想换我的蒸饼,真是异想天开!"

小岚又听到一个男孩子的声音:"大婶,这不是画片,是钱,港币二十元钱!二十元钱港币换两个蒸饼,你赚了!"

女人又说:"这东西是钱?小子,你别把我当傻瓜!要吃拿钱来,一个钱十个蒸饼!"

小岚一听,就知道这男孩子声音的主人,就是死缠烂打的晓星无疑。

小岚赶紧跑了过去,一看,那个拿着一张纸币盯着蒸饼流口水的男孩子,不是晓星是谁?!

"晓星!"小岚高兴地大喊了一声。

男孩子一扭头,也惊喜地喊了起来:"小岚姐姐!"

两个人抱在一起,又跳又叫。

小岚说:"哎呀,找不见你们,真担心死我了。"

晓星说:"小岚姐姐,你有钱吗?来到这里后,我一点儿东西都没吃过呢!我好饿!"

小岚赶紧打开小布包,拿出一枚铜钱递给卖蒸饼的女人:"来十个。"

那女人接过铜钱,在晓星面前扬了扬,说:"小子,你看清楚点儿,这小姑娘给的才是钱,你别再拿那破画片骗人了。"

女人说着拿片芭蕉叶子包了十个热气腾腾的蒸饼,递给小岚。

晓星伸手拿了个蒸饼就吃,把两腮塞得鼓鼓的,就像只小猴子。

小岚问:"晓晴呢?她没跟你在一起?"

晓星赶紧把嘴里的东西咽下去:"姐姐她……她饿得走不动了,在那边树下坐着,我带你去找她。"

说完,他又抓了一个蒸饼塞进嘴里。

小岚跟着晓星走出市集,走到一个僻静的小树林里,远远见到一个人靠在树上,半死不活的样子,正是晓晴。

晓晴显然是听到了脚步声,她扭头一看,马上尖叫起来:"啊,小岚!"

她想爬起来,但好像没力气,脚一软又坐回树底下。

小岚跑到晓晴面前,晓晴一见小岚手里拿着的蒸饼,便不顾仪态地一把抓了一个,狼吞虎咽吃了起来。

小岚肚子也饿了,坐到晓晴旁边,也拿了个蒸饼慢慢吃着。

晓星一口气吃了四个，还想吃，被小岚狠狠打了他的手一下，他才嘟着嘴缩回手。晓晴平日饭量小，但这回可能实在太饿了，也一口气吃了三个。

小岚吃了两个，见晓星看着自己手中最后一个蒸饼流口水，便把手往他面前一伸，说："吃吧，馋猫！"

"谢谢小岚姐姐！"晓星拿起蒸饼就要往嘴里塞，但突然又停住了，"小岚姐姐，你才吃了两个呢！这蒸饼还是你吃吧！"

小岚说："你吃吧，我之前吃了点儿东西。"

晓星怀疑地看着小岚："真的吗？你没骗我？"

小岚说："没有没有，你快吃吧！"

"啊！"晓星高兴地张开大嘴，几下就把蒸饼"消灭"了。

"小岚姐姐，这秦朝的蒸饼还挺好吃！"他摸摸肚子，说，"小岚姐姐，你不是还有钱吗？可不可以再买十个。"

小岚瞪了他一眼："你已经吃了五个蒸饼了，还不够？！其实我的钱也不多，还得留着慢慢用呢！"

晓晴说："哎，小岚，你也太厉害了，怎么刚到秦朝，就连秦朝的钱也有了？"

小岚说:"因为我遇到了一个好人……"

小岚一五一十,把遇到秦大哥的事一一说了。

晓晴说:"怪不得万卡哥哥老说你是小福星呢,你运气也太好了!唉,我和晓星就惨了。"

晓星抢着说:"是呀,我们掉到一个水塘里,弄了一身泥巴,没办法,只好去偷了一户农夫晾在门前的衣服,但又被人发现了,被一个大个子追。我们好不容易才逃掉了。"

小岚说:"谁叫你们偷人家东西!做了小贼,就要受点儿惩罚。"

晓晴苦着脸说:"我们受到的惩罚可太大了。我们只顾逃命,慌不择路,跑了很远很远,停下来时,一问人,原来我们走了跟上郡相反的路。结果我们多走了很多冤枉路,又饿又累的,刚到这里不久呢。"

"我看你们也是活该!"小岚一点儿没有表示同情,反而开始兴师问罪了,"我问你们,为什么不经商量就开启了时空器?!"

晓晴大呼冤枉:"不关我的事,是晓星闯的祸!"

小岚气呼呼地看着晓星:"我就猜到是你!"

晓星吓得脖子一缩:"我……我……我以为你们都同

意穿越时空来秦朝救公子扶苏和蒙恬将军。"

晓晴拉拉小岚的袖子,替弟弟说情:"小岚,既来之,则安之吧!如果我们真能救了公子扶苏和蒙恬将军,也是做了一件好事啊。"

"你们以为事情就那么简单吗?"小岚叹了一口气说,"你们知道什么叫'蝴蝶效应'?"

晓星说:"我知道!我在书上看到过。'蝴蝶效应'理论是气象学家洛伦兹在1963年提出来的。大概意思是:一只南美洲亚马孙河流域热带雨林中的蝴蝶,偶尔扇动几下翅膀,可能在两周后引起美国德克萨斯发生一场龙卷风。因为蝴蝶翅膀的扇动,导致它身边的空气系统发生变化,并引起微弱气流的产生,而微弱气流的产生又会引起它四周空气或其他系统产生相应的变化,由此引起连锁反应,最终导致其他系统的极大变化。"

小岚说:"没错。简单来说,事物发展的结果,对初始条件具有极为敏感的依赖性,初始条件的极小偏差,将会引起结果的极大差异。一件极其细微的小事,都可能引发很严重的后果。"

晓晴说:"哦,我明白了。小岚你是想说,如果我们救了公子扶苏和蒙将军,那秦朝接下来的历史就会发生极

大改变。如果扶苏做了皇帝,那很有可能秦朝就不会只统治江山十多年,那中国历史上就不会有刘邦,就不会有汉朝,接着……"

小岚说:"晓晴,你说对了。有可能中国历史上的唐代宋代元代明代清代全都没有了,而代替的是X代Y代Z代,等等等等。有可能会多出现几个伟大帝王,令中国发展更快更好;但也有可能会出很多暴君,那中国的历史发展就不堪设想了……"

晓星眼睛睁得大大的:"啊,这个我真没想到呢!"

小岚说:"所以,救扶苏和蒙恬,跟救一个老百姓不同,老百姓对历史的影响不会太大,而救扶苏他们则会影响一个朝代,然后一直影响下去,直至二十一世纪我们的那个年代。所以,我们绝不能轻举妄动。"

晓晴说:"小岚,你说得对。不过,我们既然来了,就留一段日子,看情况如何再决定怎样做,好不好?"

晓星说:"赞成!我很想见见蒙恬将军,我想要他的签名!"

晓晴说:"我想见公子扶苏!哦,我的偶像!"

小岚瞅着那两姐弟,揶揄地说:"哦,那要不要成立一个什么'迷'会呀!"

谁知晓晴和晓星异口同声喊起来:"啊,这建议太好了!"

两个人真的热烈讨论起来。晓星说:"蒙恬姓蒙,取个谐音,就叫'萌迷会'好了。啊,这名字真好,好萌啊!"

晓晴说:"我这个就叫……叫'苏粉会'!苏粉,公子扶苏的粉丝!"

第4章
神仙哥哥

晓星说:"小岚姐姐,其实刚才我们已经去过蒙家军的军营了。"

小岚睁大眼睛:"啊,那你们见到公子扶苏和蒙将军了吗?"

晓晴沮丧地说:"没有呢。在军营门口就被截住了,不让进。"

晓星说:"我本来急中生智说是蒙将军的朋友,但守门的士兵一点儿不信,还说公子扶苏和蒙将军都不在,出去了。"

小岚瞅了瞅蓬头垢面、活像个小乞丐的晓星,说:

"换了我也不信。"

晓星委屈地说:"小岚姐姐,你……"

小岚说:"好啦好啦,或许他们俩真的出去了呢!这样吧,我们现在再去一趟,看看他们回来了没有。"

三人兴冲冲地朝蒙家军营地走去了。

果然像马车夫所说,穿过了小树林,就看到蒙家军的军旗高高飘扬。晓星说:"你们在这里等着,我先去碰碰运气!"

他三步并作两步跑到军营门口,问守大门的卫兵:"兵哥哥,请问公子扶苏和蒙将军回来了没有?我要进去找他们。"

卫兵说:"小孩,别胡闹了,你还是走吧!我们蒙家军营地是军事重地,岂是你们小孩子能进的。再闹,把你当奸细办!"

晓星噘着嘴跑回小岚和晓晴身边:"他们还是不让进。"

小岚说:"想进去不难,我们来演一场戏……"

晓星说:"演戏?你是说,我们演戏给他们看,请他们让我们进去?没问题啊,我们不是都参加了学校的话剧社吗?我也有点儿技痒了。演什么?演莎士比亚的《威尼

斯商人》好不好？"

小岚说："什么《威尼斯商人》，是《晓星军营昏倒事件》！"

晓星瞪大眼睛："什么？"

晓晴拍了弟弟一下，说："笨蛋，小岚是让你在军营门口装作昏倒，卫兵为了救你，就有可能把你抬进去。"

"啊，不行不行！"晓星一听连忙摇头。

晓晴说："干吗不行？你不是想见蒙将军吗？"

晓星说："可是，让蒙将军看见我病歪歪的窝囊样，那多没面子！我想帅帅地出现在他面前。"

小岚说："那你是想让我们这次穿越时空白跑一趟了？好，那我们回去吧，时空器侍候！"

晓晴和晓星一起说："不！"

晓晴气急败坏地对弟弟说："装一下昏倒有什么嘛！要是见不到我偶像，我跟你没完！"

晓星委屈地扁着嘴："那你们为什么不装，偏要我装？"

说话间，忽然听到有马蹄声由远而近，小岚说："肯定是有人回军营了，晓星，你不是喜欢骑马吗？你昏倒了，这骑马的人会用马把你载进去的。"

晓星还想说什么,早被两个姐姐使劲一按,把他按倒在地。晓晴说:"快,快闭上眼睛!他们来了!"

晓星身体不能动,但仍不肯闭上眼睛,说:"好吧,昏倒就昏倒,不过等会儿要给我买五个蒸饼。"

小岚生气了:"馋嘴猫,你威胁我!快闭上眼睛,那些人快到了。"

谁知晓星还是大睁着眼睛:"不闭。五个蒸饼!"

"好,等会儿给你买!"小岚无奈地答应了,又狠狠补了一句,"五个蒸饼,撑死你!"

晓星得意地扮了个鬼脸,把眼睛闭上了,直挺挺地躺在地上。

小岚和晓晴马上发挥她们的演戏天分,一人拉着晓星一只胳膊喊起来。

"晓星,你醒醒!呜呜呜……"

"晓星,你不能死啊!哇哇哇……"

时间刚刚好,几匹马已来到面前,马上三个人跳到地上,见两个小姑娘呼天抢地的,忙过来看发生了什么事。

小岚一看,为首一人约三十岁,英武威严,身材高大魁梧,身穿帅气的将军服,想是蒙家军一员大将。后面两个人看打扮是士兵。

小岚装出一副伤心样子:"将军,我弟弟昏倒了,请你救救他!"

将军低头看看晓星,回头叫一士兵:"快,把他背进军营,叫大夫看看。"

小岚朝晓晴使了个眼色,晓晴忍住笑,对着将军打躬作揖:"谢谢将军救命之恩。"

将军说:"不用谢。你们随我来!"

小岚拉着晓晴,晓星舒服地趴在士兵背上装死,三人终于进了蒙家军大营。

一路上见到许多士兵在操练,只见队伍整齐,士气高涨,蒙家军果然名不虚传。

将军一直把他们带进了一间屋子,里面放着许多瓶瓶罐罐,散发出一阵阵浓烈的中药气味。几名大夫正在忙着,一见将军进来,便停下手中工作,朝将军行礼:"蒙将军!"

蒙将军?!小岚心里一惊,原来眼前的将军就是大名鼎鼎的蒙恬。她跟晓晴交换了一下眼神,晓晴在她耳边小声说了一句:"没想到蒙恬这么年轻、这么帅气,天哪,我好喜欢他啊!"

小岚说:"哼,真善变!你不是喜欢公子扶苏的吗?

这么快就移情别恋了!"

晓晴扭着身子说:"他真是很帅,很令人心动嘛!"

士兵把晓星放在一张床上,蒙将军吩咐大夫:"这位小兄弟刚才昏倒了,你快给看看。"

"是,将军。"

大夫让士兵把晓星放在一张木板床上,然后细心地给他把脉,又翻开他的眼皮看了看。大夫直起腰,对蒙将军说:"将军,这孩子没什么大碍,休息一下便没事了。"

"没事就好。"蒙将军转身对小岚和晓晴说,"你们弟弟没事,放心吧!"

小岚刚要说什么,被晓晴抢了先,她一脸仰慕地看着蒙将军:"谢谢蒙将军。蒙将军你真是个大好人。"

蒙将军说:"区区小事,何足挂齿。等会儿我让人把你们送到隔壁病员休息室,你们可以在那里等弟弟醒来。我想你们也饿了吧,我会叫人送些吃的给你们。"

蒙将军招来两个士兵,吩咐了几句,然后朝外面走去。晓晴一见,着急地叫道:"蒙将军,你要走了吗?蒙将军,你别走!"

蒙将军转身,一脸疑惑地看着晓晴。

小岚忍不住在心里骂了一句:"真是好花痴啊!"

小岚赶紧对蒙将军说:"噢,对不起。我妹妹怕你不在,别人会欺负我们。"

蒙将军笑了:"放心,蒙家军将士从不欺负弱小。我有要事要办,失陪了,等会儿有人送你们回家。"

晓晴还在死缠:"蒙将军,你别走,别走嘛!我……"

小岚怕晓晴再说些什么失礼的,忙打断了她的话,对蒙将军说:"蒙将军,真对不起。你忙去吧,别耽误了你的正事。"

蒙将军点点头,转身走了。晓晴还不肯罢休,还在喊:"蒙……"

小岚一把捂住了她的嘴:"住嘴,可恶的花痴女!"

两个士兵把小岚三人安顿在隔壁房间,等士兵一走,晓星就从床上跳了起来:"唉,闷死我了!原来装病一点儿也不好玩。刚才那个是蒙将军吗?都怪你们让我装晕,我想睁眼看一眼蒙将军都不敢呢!蒙将军一定长得英俊潇洒吧?"

小岚说:"蒙将军长得帅不帅,问你姐姐吧,她一直眼巴巴看着人家呢!"

晓星看着晓晴:"真的吗?姐姐,你干吗眼巴巴看着

我的偶像?"

晓晴如在梦中,痴迷地说:"蒙将军真的好英俊好英俊好英俊啊!"

晓星很不满:"姐姐,我还没看我的偶像一眼呢,就让你看了,亏了亏了!"

晓星忽然想起了什么:"小岚姐姐,你欠我五个蒸饼,我现在就要吃!"

小岚凶巴巴地瞪着他:"欠你个头。没有!"

"哦,小岚姐姐,你耍赖!"

"什么耍赖?你刚才乘人之危,没义气,我还想跟你算账呢!"小岚伸出两根食指,"看,'咯吱'侍候!"

"啊,救命!晓晴姐姐救命!"晓星最怕"咯吱"了,急忙躲到晓晴背后。

晓晴似乎还陷在刚才的话题中,嘴里喃喃自语:"蒙将军真帅,真帅!"

晓星见小岚的指头已不怀好意地向他靠近,慌得一下钻进了床底下。

正在这时,一个士兵捧着一盘热气腾腾的蒸饼走进来。士兵朝小岚笑笑,把蒸饼放在桌子上便走了。

小岚拿起一个蒸饼,咬了一口:"哇,多好吃的蒸饼

啊！香喷喷，热腾腾！"

"嗖"一声，晓星从床底下钻出来了，在一边发呆的晓晴也跑过来，一人拿起一个蒸饼便啃起来。晓星边吃边说："这蒸饼没市集上卖的好吃。小岚姐姐，你欠我五个蒸饼！"

小岚眼睛一瞪，恐吓道："再提五个蒸饼，看我'咯吱'侍候！"

晓星扁了扁嘴，小声嘀咕着："小岚姐姐什么时候也学会强权了。"

晓晴此时突然蹦了一句："我就是不走，死也不走！我要等蒙将军回来。"

原来这家伙还在想着蒙将军呢！

过了一会儿，刚才送蒸饼的士兵进来了，他说："三位，蒙将军吩咐了，让我送你们回家。你们家在哪里？"

晓晴说："我们不走，我们要等蒙将军！"

晓星也说："对，我们等蒙将军！我要看看我的偶像！"

"偶像？"士兵困惑地看看晓星，又看看晓晴，然后说，"三位对不起，蒙将军吩咐了，这里是军营，你们不能留在这里。走吧！"

晓晴见士兵毫无商量的余地，只好使出她的绝技了，不知她的眼泪为什么来得这么快，眨眼间就泪流满面，她边哭边喊着："不要逼我们走，我们是孤儿，无家可归，你让我们上哪里去。"

晓星也一起凑热闹，往眼睛下面沾了口水，张大嘴巴号叫起来："是呀是呀，我们家三代贫民四代乞丐，好惨的呀！"

小岚站在一边看着，心想这两个家伙当演员的话，准拿奥斯卡最佳男女主角奖。

那士兵是个老实人，一见如此阵仗便慌了手脚："哎呀，你们别哭，你们别哭嘛！"

正在这时，屋外传来一个声音："什么人在此哭闹？"

那声音，柔和浑厚，不怒而威，令人不敢轻视。屋里马上安静了下来，所有目光"唰"望了过去。只见来人身高起码一米八，脸如冠玉、目若朗星，一身白色深衣被风一吹，飘飘扬扬，衬得人丰神俊朗。

"啊……"从晓晴嘴里发出古怪的颤音，"神仙哥哥……"

小岚也吃了一惊，竟然是他！

究竟小岚在这两千年前的秦朝见到了什么熟人呢?原来这白衣男子就是之前她救了他而他又帮了她的年轻人!

年轻人这时也看到小岚了,眼里露出一阵惊喜。这时,那士兵朝年轻人行了个礼,喊了一声:"扶苏公子!"

"啊,扶苏公子?!"小岚和晓晴、晓星一起喊了起来。

天哪,原来眼前这花样美男,就是两千年来感天动地,多少人为之惋惜的公子扶苏!

第5章
和古人共进晚餐

小岚三人被扶苏作为上宾请到了公子府。

晓晴两眼放光,眼珠一直跟着扶苏转,大概她已把蒙将军忘到九霄云外了。

本来异性相吸可以理解,但扶苏的魅力竟把晓星也吸引过去了。姐弟俩围着他团团转,扶苏哥哥长,扶苏哥哥短的。

扶苏公子见三个孩子都脏兮兮的,忙叫仆人找来合适衣服,让他们沐浴更衣。

小岚最先收拾好回到客厅,她穿了一身粉绿色镶白边的深衣,那是扶苏的妹妹月阳公主早前来探望哥哥时留

下的。

秦代深衣是直筒式的长衫,把衣、裳连在一起包住身子,分开裁但是上下缝合,因为"被体深邃"而得名。通俗地说,就是上衣和下裳相连在一起,用不同色彩的布料作为边缘,其特点是使身体深藏不露,雍容典雅。

现代美女公主马小岚身穿秦代衣服,阔大的袖子、曳地的裙裾,那样美丽大方、清丽典雅,岂是秦时美女所能及的。公子扶苏眼睛停在小岚脸上好一会儿没离开。作为王室贵胄,他什么样的美女没见过,但是,他就真没见过像小岚这种气质的美女。

小岚笑了笑,说:"扶苏大哥,谢谢你收留我们。"

扶苏这才察觉自己有点失态,慌忙说:"小岚姑娘何出此言。之前多亏你救我一命,因为赶着前往办事,也没有好好谢姑娘。现在再次遇上,实是老天安排,让我好好报答你的救命之恩呢!"

小岚说:"扶苏大哥太客气了,我只是做了一件应该做的事罢了。还有,你以后别叫我姑娘好不好,叫我小岚吧,我家人、朋友都这样叫的。"

"好,我以后就叫你小岚。"扶苏又说,"之前没有说出真实身份,请你原谅。"

小岚笑道："出门在外,为安全起见不想暴露身份,我明白的。"

"谢谢小岚体谅。"扶苏又问,"对了,刚才隐约听那两个孩子哭诉,说是无家可归,究竟你们来自何方,你们家的大人呢?"

小岚当然不能说他们是从两千年后来的,便说:"是这样的,晓晴和晓星是我的表亲,我们都是齐国人。之前连年战争,我们家的大人都失散了,只剩下我们三个人相依为命,四处漂泊。"

扶苏叹了口气:"可怜的孩子。这样吧,如果你们不嫌弃,就暂时在我这里落脚吧!以后你们找到亲人了,我再送你们回去。"

小岚说:"谢谢扶苏大哥,那我们就恭敬不如从命,暂时在这里叨扰一下。"

扶苏一听很欢喜,马上叫来管家:"昌伯,你马上收拾好三间客房,让客人住。"

昌伯答应着,又问了一句:"请问公子,今晚您宴请蒙将军,那三位小客人是否一起去?"

扶苏说:"当然。"

这时,晓晴和晓星也换好衣服出来了。两个人脱下刚才那套脏兮兮的破衣裳,换上扶苏府的贵族服饰,打扮得美美的、帅帅的。只是晓星活蹦乱跳惯了,被长长的衣裾绊了一下,差点跌跤。

听到等会儿跟蒙将军一起吃晚饭,几个孩子都很高兴。跟两位古代英雄豪杰一起吃饭,试问二十一世纪有谁能有此机会啊!

一会儿,管家昌伯进来,说是晚膳时间到了。扶苏说:"蒙将军也该来了,我们去大厅等他吧!"

大厅里早摆了五张长方形桌子,正面一张,那是主人扶苏的位置。下面左右各两张,是客人的位子。当下扶苏落座,管家又安排小岚坐在扶苏左边第一个位子,晓晴挨着她坐,晓星就坐在右边第二个位子。

晓星素来多古怪,他拿起面前盛着酒的器皿,左看看右看看:"哇,这只杯子真好看!"

"杯子?"扶苏用奇怪的眼神看着晓星。

秦朝时,杯子不叫杯,叫"樽"。

小岚忙掩饰说:"晓星小时候很奇怪,喜欢用自己的语言去命名东西,他爱把樽叫成'杯子',长大了也改不了。"

扶苏笑道:"杯子?真有趣!"

这时仆人来报："公子，蒙将军来了。"

扶苏忙说："请他进来。"

蒙将军大步流星走了进来，气宇轩昂，一派军人气概。跟扶苏行过礼，他有点错愕地看着大厅里的三个孩子。

之前他们衣衫褴褛又脏脏的，现在梳洗后换上新衣服，几乎变了模样，弄得蒙恬一时都认不出他们了。

晓星高兴地朝蒙恬喊着："蒙恬大哥，你不认得我了？我就是刚才昏倒在军营门口的那个帅男孩……"

蒙恬有点吃惊："啊，是你们！怪不得很眼熟！你们怎么跑到公子府来了？"

"是我把他们请来的。"扶苏请蒙恬入座，又说，"蒙兄，我不是跟你说过，出去办事时半路上险遭暗算，幸好有一个小姑娘出手相救的事吗。没想到回来竟遇上救命恩人，这小岚就是那位救我一命的小姑娘呢！"

"啊，原来你就是公子的救命恩人！"蒙恬赶紧起身，向小岚行礼，"多谢小岚姑娘。"

小岚起身答礼："扶苏大哥和蒙将军言重了，路见不平，拔刀相助，小事一桩而已。"

"小岚姑娘年纪小小，却有侠义心肠，实在难得。"

蒙恬拿起面前的樽，高举说，"我蒙恬平生最重英雄。来，我就代表秦国老百姓敬小岚姑娘一杯，感谢小岚姑娘救了我们的公子扶苏！"

小岚急忙拿起樽，笑说："蒙将军客气了。"

蒙恬一仰头，喝干了酒，小岚把樽放在嘴边，礼貌性地抿了抿，就放下了。

晓星拿着樽跑到蒙恬身边，说："蒙大哥，你是我仰慕的古代大英雄，我是你的粉丝呢，我敬你一樽！"

"古代？粉丝？"蒙恬有点奇怪，问道，"是什么意思？"

扶苏哈哈大笑，说："蒙兄有所不知，晓星很喜欢说些奇怪的词呢，你别管他就是。"

"哦，这小子真有趣！"蒙恬拿起酒壶，把樽斟满，对晓星说，"来，干！"说着，仰头又一饮而尽。

晓星也学着他，把酒往嘴里一倒。

"哇！"晓星被酒呛得咳个不停。虽然古代用粮食酿酒，酒精度数很低，跟啤酒差不多，大约只有十度，但对于不会喝酒的小孩子来说已经很厉害了。

扶苏赶紧唤仆人给晓星倒些水来。

晓星喝着水，才觉得好了点儿。

蒙恬看着晓星,说:"秦人都好酒量,连几岁的娃娃都能喝呢,你这小子怎么这样差劲!"

扶苏说:"蒙兄,他们仨不是秦国人呢!"

扶苏把刚才小岚跟他说的都告诉蒙恬了。

"哦,原来你们是齐国人。小小年纪就和亲人失散,真是可怜!你们就放心住在秦国好了,有困难蒙大哥帮你们。"

小岚说:"谢谢蒙将军。有你和扶苏大哥,我们不用再流浪了。"

小岚见晓晴一直没吭声,扭头一看,原来这家伙一副花痴样,正不眨眼地看着扶苏呢!

真失礼!小岚从桌上的水果盘里拿了一个枣子,朝晓晴扔过去,正中她肩膀。晓晴吓了一跳,才把目光从扶苏身上收回。

晓晴发现晓星在向蒙恬敬酒,这倒提醒她了,她赶紧端着樽,跑到扶苏面前。偏偏到了帅哥面前,她不好好敬酒,而是又犯晕了,她神魂颠倒地盯着扶苏:"天啊!扶苏大哥,你比电视上的还上镜……"

晓星听了,哈哈大笑说:"姐姐,你真傻!电视上那个是演员,不是真的扶苏大哥。"

晓晴瞪她弟弟一眼,说:"我当然知道!我意思是说,电视上扮演扶苏大哥的演员没扶苏大哥帅!"

小岚见扶苏和蒙恬听得糊里糊涂,便笑道:"你们别介意,他们两姐弟都犯同一个毛病呢!"

这时候,仆人们上菜了,每人桌上都放了四盘热气腾腾的食物,扶苏说:"家中饮食一向从俭,今天为了款待小客人,让厨房多准备了两样。炖肥羊、清蒸鱼、秦苦菜、厚蒸饼,各位请慢用。"

晓星向来对食物最热爱,扶苏话音刚落,他就拿起筷子去夹了一大块炖羊肉,塞进嘴里。

"哇,好吃好吃!味道又好,煮得又烂。"他一边吃一边举着大拇指。

小岚和晓晴也不客气了,因为这天她们就只吃了几个蒸饼。菜很清淡,但味道很鲜美。

晓星吞下羊肉,又去尝鱼,还有菜:"妈呀,样样都好吃极了。这鱼呀肉呀菜呀,怎么都比二十一世纪的鲜美!"

晓晴说:"这还用说吗!秦朝的人不会给菜施化肥,也不会给家禽喂增肥剂,也没有人污染水源,这都是零污染的肉和菜呢!"

两个家伙在两千年前的古人面前高谈阔论，大谈食物污染问题，幸好扶苏和蒙恬都接受了他们喜欢"生造词语"的说法，已是见怪不怪，只是笑眯眯地听着。

小岚怕他们说多了真会露了馅，便用眼睛去瞪他们："你们两位吃饭好不好！说点儿别的。"

晓晴、晓星吐吐舌头，不出声了。

晓星吞了几大块羊肉之后，又憋不住了，说："蒙大哥，我知道你射箭很厉害，能百步穿杨。我想看你真人表演，你有时间吗？"

蒙恬说："呵呵，小子，你怎么知道我射箭厉害？"

晓星说："我当然知道！你那次和你弟弟蒙毅比赛，射了二十箭，箭箭中红心。哇，人人喝彩，掌声惊天动地，隔了一座山都能听到。"

蒙恬拿着樽的手停在半空，眨着眼睛，好像在努力地回忆晓星讲的事情究竟发生在何时。

小岚知道晓星这家伙又错乱了，把电视剧里的情节当成真的，便插嘴说："蒙将军，你射箭了得是公认的，我也想一睹你了不起的箭术呢！"

蒙恬笑着说："好好好，小岚姑娘想看，蒙恬恭敬不如从命。"

晓晴不甘寂寞:"我知道扶苏大哥骑马也很厉害,我要扶苏大哥教我骑马!"

一直含笑看着他们说话的扶苏爽快答应:"好啊,没问题。过几天有空,就带你们去骑马射箭……"

这时候,管家昌伯在门口探了一下头,见大厅里的人相谈甚欢,便又缩回去了。扶苏见了,大声问道:"昌伯,有事吗?"

昌伯走了进来,一直走到扶苏身边,小声说:"公子,送去承恩村的粮食都点算好了,车队明天一早就可以出发,可是……"

扶苏见昌伯吞吞吐吐的,便追问:"可是什么?"

昌伯说:"府中剩下的粮食已经不多了,可能支撑不到月底朝廷发放俸禄,是否这次少送点儿?"

扶苏坚决地摇头:"不行,按原来数量送。那村子里很多老弱病残,大多没有劳动能力,粮食送少了,他们会挨饿的。府里的粮食嘛,你不用担心。"

扶苏从腰间解下一个玉佩,交给昌伯:"这玉佩应该很值钱,你拿去市集那间'全旺'玉器铺卖了吧,这样府中的粮食就有着落了。"

昌伯没有接,伤感地说:"公子,您值钱的东西都拿

去换粮食了,就只剩下您身上这个羊脂白玉佩。这玉佩可是老夫人留给您的唯一纪念啊,我怎忍心拿去换钱。"

扶苏硬把玉佩塞到昌伯手里,说:"你按我说的办就是!母亲在天之灵知道我是为了帮人,也不会怪我的。"

"是!"昌伯只好接过玉佩,低着头走出了大厅。

晓星和蒙恬正在兴致勃勃地讲射箭呀什么的,晓晴只顾看着扶苏做白日梦,所以都没听到扶苏和昌伯的对话,只有小岚听到了。

啊,原来公子扶苏就是山有公子,就是承恩村村民的救命恩人!

公子扶苏的名字来自《诗经》,"山有扶苏,隰有荷华……"自己怎么就没想到山有公子就是公子扶苏呢!

小岚很感动。公子扶苏虽然没法制止父亲焚书坑儒,却用自己微薄的力量,去帮助儒生的家人,真是个善心人啊!

第6章
要不要拯救你，我的哥哥

晚饭后，扶苏公子让管家安排小岚三个人休息，让他们每人住一个房间。

小岚在女仆的引领下进了自己的卧房。因为已是晚上，桌上和几张几案上都摆放着蜡烛，烛光虽然远没有电灯亮，但幽暗中却别有一番情趣。

小岚发现房间内有一列书架，这令她很高兴。把女仆打发走后，她便走到书架前面，抽了一卷竹简出来。秦代还没有纸张，所以字都写在竹简上，竹简拿在手上沉甸甸的，小岚便走到书案前坐下了，把竹简放在书案上看。

秦统一前文字很复杂，由于历史和地域以及文化背景

的不同，齐、楚、燕、韩、赵、魏、秦七个国家，每个国家的文字都不一样。秦始皇统一七国后，推行"书同文"，由宰相李斯负责，在秦国原来使用的大篆的基础上进行简化，取消其他六国的异体字，创制了统一的文字——汉字书写形式，还把这种文字叫做"小篆"。小篆一直在中国流行到西汉末年，才逐渐被隶书所取代。

小岚正在看的竹简，上面的文字就是小篆。

小岚的父母是考古工作者，熟悉各种古文字，小岚耳濡目染，对小篆也略懂一二。竹简上写的应是兵法，小岚觉得很有趣，正专心地看着，忽然听到"咿呀"一声，有人推门而进，带进的风把烛火吹得闪呀闪的。

小岚抬头一看，是晓晴，便说："还不睡觉，跑来干什么？"

晓晴笑嘻嘻地说："我担心你一个人怕黑，来陪陪你。"

小岚说："哼，说得好听！要真是怕黑，那也该是你吧！"

晓晴嬉皮笑脸地说："嘻嘻，留点面子，别说穿好不好？"

小岚又低头看着："你自己上床睡吧，我看会儿书。"

晓晴说："这么早，哪睡得着？要是在现代，这个时间，我们还可以去看场电影呢！小岚，我想跟你说说话，好不好？"

小岚头也不抬："不好！"

"哎呀，小岚，就说一会儿，就一会儿嘛！"晓晴死皮赖脸的。

小岚没理她，继续低头看书。没想到，门"咿呀"一声，又有人进来了，还大嚷着："小岚姐姐！"

是晓星。真不愧是两姐弟，烦人都这么像！小岚没好气地说："你又来干什么？又是担心我一个人怕黑，特意来陪我的吗？"

"啊，猜对了！"晓星走过来，拉着小岚的手夸张地晃着，"小岚姐姐，你真是好聪明好聪明好聪明啊！"

"哼，你们找个好点的借口好不好！"小岚指指晓星的手，"放开你的小爪子，回你的房间去！"

晓星马上露出一副可怜相："小岚姐姐，别对人家那么凶嘛！好不好，好不好！"

小岚伸手给了他一个"糖炒栗子":"本想好好看看书,都叫你们给搅了。好吧,有什么事,快说!"

晓晴、晓星欢天喜地地坐到小岚对面。

晓晴说:"小岚,我想求你救救扶苏大哥,好不好?"

晓星说:"小岚姐姐,我也想求你救救蒙恬大哥呢!"

晓星擅自决定穿越时空救扶苏和蒙恬,把小岚带到了秦朝,也给她带来了一个天大的难题。其实小岚这几天一直在回避这问题,因为她真不知道怎么办才好。现在晓晴、晓星一起向她提出,她也不知如何回答,只能皱着眉头说:"你们好烦,我不是跟你们讲过……"

晓星抢着说:"说过蝴蝶效应嘛,我都记得!但是,我好喜欢蒙恬大哥啊,我不想他死。"

晓晴也说:"是呀是呀,我也很喜欢扶苏大哥,我也不想他死。"

小岚抱着头:"哎呀,别说了别说了,烦死了!"

天下事难不倒的马小岚,这回真不知该怎么办了。和晓晴、晓星一样,小岚也很不想扶苏和蒙恬死。多么杰出

的两个历史人物啊，一个睿智、善良，一个勇敢无畏，怎忍心让他们在一个月后被赵高害死？如果见死不救，任由悲剧发生，可能小岚此后的人生都会在悔疚中度过。

但是，救了他们，会给中国历史带来什么呢？有可能是好了，但万一是坏了呢？坏到……坏到中国仍处于蛮荒年代，人们仍然刀耕火种，什么工业革命、现代科技全没有到来，甚至被侵略者瓜分殆尽……

如果那样，自己岂不成了历史罪人？

"救！不救！救！不救……"小岚脑子里乱糟糟的，好像有两个小人在打架。偏偏那两姐弟还不住地在她耳边唠叨，她实在受不了，大喊一声："住嘴！"

晓晴和晓星吓了一跳，都不出声了，愣愣地看着小岚。

小岚见他们惊吓的样子，又有点儿过意不去，便说："给我点儿时间好好想想，好不好！"

晓晴、晓星同时点了点头，他们也明白小岚的为难。晓晴拉拉晓星，两个人站起来，蹑手蹑脚走了出去。

小岚坐在书桌前，发了一会儿呆，还是理不出头绪，她决定出去走走。

空气很清新,吸一口,好像还带点儿香味呢!小岚仰望夜空,秦朝的月光好明亮、好清澈,她顿时觉得头脑清醒多了。

突然,远远传来一阵悠扬动人的笛声,把小岚深深吸引住了。真好听,但为什么笛声中满含着忧伤与苍凉,令人听了有一种想哭的感觉。

是谁在吹笛子?这吹笛子的人有心事。

小岚循着笛声一路寻去,一直走到了公子府的小花园。朦胧月色,给花园里的花花草草、假山和小池塘都刷上了一层银白,小岚看见,池塘旁边有个凉亭,里面有个白衣人正靠在柱子上吹笛子,那幽怨动人的笛声,正随着他不断跳动的指尖往外流泻……

那是公子扶苏!

心里有着千回百转的愁肠,才会吹出如此忧伤的笛声。小岚心中明白扶苏的痛苦,他可是因为反对父亲秦始皇用严酷的法律治理天下,反对焚书坑儒,因而惹怒了秦始皇,被贬到这里的呀!被最亲的人惩罚,有家归不得,空有千般壮志却无法施展,这一切,正是扶苏伤感的症结所在。

唉，究竟要不要拯救你，我的扶苏大哥！

小岚正想着，一不小心踢到了一块小石头，小石头骨碌碌地滚着，又"咚"一声掉到池塘里了。

笛声戛然而止，扶苏问道："谁？"

小岚应道："是我，小岚。"

扶苏一副喜出望外的样子："啊，是你呀！"

小岚说："扶苏大哥，对不起，打扰你的雅兴了。"

扶苏急忙说："不会不会，你来得正好呢！我心里郁闷睡不着，正想找人说说话。"

扶苏把小岚让进亭子，又拿起桌上茶壶，给她倒了一杯茶。小岚道了谢，拿起杯子呷了一口茶，清香满口。正如晓晴、晓星说的，这时候没有那么多污染，连茶都特别香。

小岚由衷地说："扶苏大哥，你的笛子吹得真好，不过，就是有点儿悲凉。"

扶苏抬头望天，说："每到月圆时，我心里都有点儿难过。两年了，我都没见过父皇一面，很想他。"

小岚看着扶苏的眼睛，问道："你父皇这样对你，你不怨恨他吗？"

扶苏摇摇头，坚定地说："我不会怨恨父皇的。父皇

以他远大的目光,以他了不起的雄图伟略,灭六国、实现统一,令饱受战争苦难的民众过上安定日子,在我心目中,他永远是个旷世英雄。他不听我的劝谏,只是一时没想通,总有一天,他会接受我意见的。"

小岚点点头,也许扶苏说得对。假如秦始皇没有病死,假以时日,以他千古一帝的伟大头脑,或许会渐渐明白暴政不得民心的道理,从而接纳扶苏意见,改变政策,安定人心。

小岚又问扶苏:"扶苏大哥,如果你是皇帝,你会怎样治国?"

扶苏毫不犹豫地说:"我会建立强大的军队,确保国家和平;发展经济,让国家富强,让百姓都能过上好日子。还有,要让有本事同时又廉洁奉公的人担任各级官员,反对贪污;要建立公平公正的国家法律,让百姓有法可循,有法可依……"

小岚微微张大嘴巴,听着扶苏滔滔不绝地说着话,心里很是震惊。这扶苏大哥太了不起了,他的想法跟二十一世纪社会竟是那么接近!

扶苏还在说着,他那英俊的脸孔,展现的是睿智,是

坚定,是真诚……

"……还有,我会学习舜和尧,将来帝位不采取世袭,禅让给真正有治国能力的贤人……"

小岚眼睛睁大了,要不是来秦朝一趟,还真不知道扶苏有如此广阔的胸襟!

几乎所有帝王都希望自家江山千秋万代永不改姓,下一代即使是庸才或者傻瓜也都照样世袭,把牙牙学语的小童放上龙椅占着,顶多找个大人来垂帘听政,或者请大臣辅助。没想到扶苏有这样的想法,把皇位传给真正有本领的人!

如果能让扶苏这样的人当皇帝,中国的发展一定比其他发达国家早上千百年,中国人不用经历那么多被侵略、被欺凌的痛苦,不再有八国联军入侵的耻辱,不再有南京大屠杀……历史将会记载,秦始皇对中国最重大的贡献,不是统一中国,不是统一度量衡,不是统一文字,而是他培养了这样一个伟大的儿子——公子扶苏!

小岚为自己的想法激动不已。

她决定不再顾忌那么多了,她明白了,扶苏枉死是中国历史上一个何等重大的损失,她一定不能让这事发生,要想尽一切办法制止赵高的阴谋,帮助扶苏登位。

"你在想什么呢?"扶苏见小岚发呆,温柔地问道。

小岚猛醒过来,说:"哦,我在想,你的理想太伟大,太令人震撼了。我相信,如果按你的想法治国,大秦帝国一定会越来越强盛,中国历史会发生划时代的巨变,百姓也很快会过上幸福日子。扶苏大哥,你真了不起!我向你致敬。"

扶苏开心地笑了。不知怎么,这小姑娘的认同,竟然给了他那么大的鼓舞,他觉得身上充满了力量,他对前景更有信心了。

一阵风吹来,小岚打了个寒噤,扶苏见了,忙说:"小岚,夜深露冷,你回房休息吧!"

小岚点点头:"好的。扶苏大哥,你也早点休息。"

小岚跟扶苏道了"晚安",转身走了。

小岚走到晓星房间门口,敲了两下,门很快打开了,露出晓星头发蓬松的脑袋。见到小岚,他惊喜地说:"小岚姐姐,你想通了?"

小岚没回答,只是说:"叫上晓晴,马上来我房间。"

"遵命!"晓星兴高采烈地答道。

晓晴、晓星到来后,小岚说:"我同意拯救公子扶苏和蒙恬将军。现在谈谈我们的拯救行动计划,先实行A计划,也是最方便和最容易的方法,就是在赵高等人伪造的假诏书送到时,当场揭穿他们的阴谋。蒙恬大哥那里没问题,他一定会相信我们的。历史上,当赵高的假圣旨送到时,蒙大哥也怀疑有人使阴谋,也曾劝扶苏大哥不要甘心受死,只是扶苏大哥不听劝。但扶苏大哥那里就有点儿难办,他是个听家长话的好孩子,他会乖乖受死的。为了保险起见,我们得先试探一下扶苏大哥……"

第7章
假如父皇赐你死

这天扶苏和蒙恬决定带三个孩子外出骑马和射箭。细心的扶苏怕孩子们受伤,特意让蒙恬找了几套带有保护装置的小码军服,给小岚他们几个换了。晓星高兴极了,追着人问:"小岚姐姐、晓晴姐姐,我漂不漂亮?扶苏大哥、蒙恬大哥,你们看我是不是很威风?"

其实晓星的小个子穿着一件不合身的衣服,看上去还蛮可笑的,不过大家都不想扫他的兴,都众口一词地捧他场:"哇,真的很漂亮、很威风哦!"

"真的吗?真的吗?"晓星开心得尾巴都翘到天上去了(如果他有尾巴的话)。

其实穿上军服最惹人注目的是小岚和晓晴。小岚的外形美丽中透着刚强，一穿上军装，就俨然一名英姿飒爽的女战士，在两千年前的秦朝，谁见过这样出色的女孩！晓晴呢，却是作为小岚的反差，她人长得漂亮，皮肤又白，举手投足都娇滴滴的，走一步腰肢扭一扭，军服穿在她身上实在是不伦不类。所以，当她们俩一出现在人们视线中时，就笑话频出。校场上正操练的士兵都忘了听长官的号令了，都扭过头去看她们，弄得你踩了我鞋跟，我撞了你后背，十分混乱。

蒙恬见了，不禁哈哈大笑起来，连内敛的扶苏也忍俊不禁。蒙恬说："我们在这里只会影响军心，还是把靶子扛到外面，另外找个地方射箭吧！"

走出校场，就是一片绿草茵茵的辽阔草原，蒙恬先作示范，他站在百步之外，一连射了十箭，全中靶心，几个孩子乐得大声叫好。

晓晴拉着扶苏说："扶苏大哥，你一定也很厉害，你也给我们表演表演！"

扶苏说："我可没有蒙将军厉害，好，就献献丑吧！"

扶苏拉弓搭箭，也射了十箭，除了一箭射偏了少许之

外,九箭都中红心。

扶苏是文官,能有这样的箭术,已是非常了不起了。孩子们都拼命鼓掌叫好。

蒙恬说:"你们以前有没有射过箭?来试试如何?"

晓星争着说:"有有有,我们以前跟万卡哥哥学过,我先来试试!"

晓星想去拿刚才蒙恬和扶苏用过的弓,没想到用手一掂便"哇"叫了一声,那弓好重啊!

蒙恬拿出另一把弓,笑着说:"小子,我们的弓你没法用的,用这把吧,我昨天特地让人给你们做的,比我们用的轻了一半。"

晓星高兴地接过弓,又拿过一支箭搭在弓上,摆出个自以为很帅的姿势,又特地提醒众人:"你们别眨眼啊,我要射了,射那红心!"

见到大家都看着他,他才一拉弓,发射!

"扑"的一声,晓星拍手说:"噢,射中了射中了!"

见大家都没吭声,他又得意地说:"没想到我这么厉害,惊呆了吧!"

晓晴撇撇嘴:"是啊,惊呆了,因为你的箭不知飞哪里去了。"

晓星往靶子一看，顿时泄了气。晓晴说得没错，那靶子上光光的，根本没有箭的踪影。

这家伙之前跟万卡学射箭，只是玩玩而已，所以这箭没有射到箭靶，也是意料之中。这时，蒙恬找到了箭的下落，原来射到靶子边的一棵树干上了。

晓星扁着嘴，蒙恬笑着安慰他："小子，别泄气，我等会儿教你，保证你三天之内成为好射手。"

"真的？"晓星马上笑得咧开了嘴。

蒙恬接过晓星手上的弓，朝小岚和晓晴说："两位小妹妹，要不要试试？"

晓晴知道自己还不如晓星，不想在帅哥面前露丑，慌忙躲到小岚背后。小岚笑笑说："好，我来试试！"

两位大哥都知道小岚并非常人，都站在一旁，等着看她射箭。小岚拿起弓，稳稳地站好，然后取了一支箭搭于弓上，拉弓，凝神静息地瞄准，然后放箭，箭飞一般朝靶子飞去，正中红心！

"好！"扶苏和蒙恬忍不住拍掌叫好。

晓晴、晓星也高兴得跳起来，自己不行，自己的朋友行，也很光荣啊！

小岚一连射了十箭，有七箭中红心。

扶苏朝小岚竖起拇指,说:"早前见到小岚射弹弓了得,已知道射箭也必然不弱,今日一见,果然不差!"

蒙恬更是赞声不绝:"小岚姑娘,你真是个巾帼英雄!不如你就留在军营,我招募一批女兵,由你当队长,好不好?"

小岚放下弓,笑道:"谢谢两位大哥夸奖。不过,招募女兵行不通。你们看刚才就我和晓晴走过,那些士兵就如此好奇,可想而知,要是一队女兵出现在军营,那就天下大乱了。"

蒙恬哈哈大笑:"也对也对。"

蒙恬要外出办事,命士兵牵来五匹马,四匹交给扶苏和三个孩子,自己纵身跳上一匹大白马。晓星见那大白马浑身雪白,没有一根杂毛,十分漂亮,便嚷嚷着:"蒙大哥,我想骑你的大白马。"

蒙恬笑着说:"这马小孩子不可以骑。"

晓星问:"为什么?"

蒙恬说:"这马是一匹千里好马,它跑起来足足快其他马几倍。不过,它的性子很暴躁,一不高兴就乱蹦乱跳的,非把人摔下来不可。所以,除了我之外,谁都不敢骑。"

晓星听了,吓得倒退几步。

大白马迈起四蹄,驮着蒙恬一下子就跑得没影了,果

然是一匹快马!

三个孩子在乌莎努尔时都学过骑马,一般骑在马上慢行或慢跑也是可以的,于是他们跟着扶苏,四个人各骑一匹马在草原上信步而行。阳光普照,青青的草地,色彩绚烂的小野花,飞舞的小鸟和蝴蝶构成一幅清新怡人的美景。孩子们都觉得十分开心,小岚忍不住放声唱起歌来:"蓝蓝的天上白云飘,白云下面马儿跑,挥动鞭儿响四方,百鸟齐飞翔……"

晓晴和晓星听了,也跟着小岚一起唱起来:"……要是有人来问我,这是什么地方。我就骄傲地告诉他,这是我们的家乡……"

扶苏静静听着,脸上露出微笑,眼睛却湿润了。

三个孩子唱完,又一起拍起手来,自己赞自己:"好啊……"

"扶苏哥哥,好听吗?"晓星扭头问扶苏。

"好听,真好听,歌词也很感人,这里真是值得我们骄傲的地方啊!"扶苏又问,"这歌我怎么从来没听过?听起来很新鲜、很欢快,跟我听过的歌大不相同。"

晓星说:"你当然没听过了,那是两千年后的歌呢!"

扶苏一愣,看着晓星:"两千年后?!"

该死的晓星,又露馅了!小岚狠狠瞪了那个闯祸精一眼,打圆场说:"扶苏大哥,晓星又乱说话了。他的意思是,这首歌有可能一直流传到两千年后呢!"

"哦……"扶苏点了点头,"这孩子说话,真要让人慢慢去参透呢!"

晓星伸了伸舌头。

马走到了一处阴凉的地方,扶苏说:"累不累?我们下马到草地上坐坐,吃点儿东西。"

大家在一棵枝叶婆娑的大树下坐了下来。扶苏打开小布袋,从里面掏出一包香喷喷的肉干:"大家尝尝。"

晓星不会客气,立即伸手去拿了一小块,放进嘴里大嚼起来:"嗯,好吃,好吃!扶苏大哥,这是什么肉?"

"这是老虎肉。"扶苏说。

"啊!"晓晴大吃一惊,手里拿着的肉干也掉到地上了。

晓星大声说:"姐姐,你胆子太小了!从来只听过有人怕老虎,但从没听过有人怕老虎肉的!"

"哈哈哈。"晓星的话令扶苏忍俊不禁,他又说,"这只老虎作恶多端,常常跑出来把农人养的家禽吃掉,有好几次还咬伤了人。蒙将军为民除害,赤手空拳把它打死了。老虎肉吃不完,就烤成了肉干。"

晓星夸张地张大了嘴巴:"哇,蒙大哥好厉害哦,就像打虎英雄武松一样!"

扶苏听了,问道:"武松是谁?"

晓星有点惊讶地说:"扶苏大哥,你没看过中国四大名著之一《水浒传》吗?里面说武松在景阳冈英勇神武,把凶猛的吊睛白额虎打死了。这故事很脍炙人口啊!"

"《水浒传》?四大名著之一?"扶苏很困惑,他看着小岚,好像向她求助似的,"我怎么不知道有这本书?"

小岚又好气又好笑,晓星这家伙真是口不择言。《水浒传》这部小说写于元末明初,扶苏又怎会看过呢!她从地上捡了一块小石头,扔向晓星:"小傻瓜,《水浒传》明明是你做梦的时候梦见的书,你又在这乱讲。扶苏大哥,你别理他!"

晓星这才知道自己又讲错话了,忙自打了一下嘴巴:"噢,扶苏大哥,对不起对不起!晓星是小傻瓜,晓星乱说话,晓星不乖……"

"嗯!"小岚突然大声清了清嗓子,又朝晓星眨了几下眼睛。

晓星突然想起今天有件重要的事要做，忙对扶苏说："扶苏大哥，你小时候一定很听爹爹的话。"

扶苏点头说："是的。"

晓星说："那长大以后呢？"

"也听。"扶苏想了想又说，"但也试过不听。"

晓星说："哦，没想到扶苏大哥也有不听爹爹话的时候。那是什么事？"

扶苏低下头，没吭声。这个话题触动了他心里最痛楚的那个角落。

晓晴插嘴说："我知道我知道，扶苏大哥的爹爹让他带军队去抓读书人，他不听，也没有去。扶苏大哥，这件事你不要老是放在心里，让自己不开心。我觉得这件事你做得很对，焚书坑儒本来就很不应该！"

"所以嘛，父母的话有时也有不对的，扶苏大哥，你也不必每件事都按你父亲说的去做。"晓星说到这里，凑近扶苏，一本正经地问，"扶苏大哥，我想问你一个问题，你能回答我吗？"

扶苏说："随便问，我会回答的。"

晓星故作神秘地问："如果有一天你接到父皇的圣旨，说你不乖，把你赐死，你怎么办？"

"啊!"扶苏大吃一惊,他瞠目结舌地看着晓星,好一会儿才说,"晓星,你……你又乱说话了,我父皇怎么会这样做呢?"

晓星固执地说:"我是说如果。扶苏大哥,你回答我呀,回答我呀!"

扶苏转脸看着小岚,向她求助,没想到这回小岚没有帮他解围,她和晓晴都不眨眼地看着扶苏,好像很有兴趣听他的回答。

扶苏没办法,只好回答说:"父皇之前一怒之下把我贬到这里,但我知道,其实他心里还是很爱我的,我不相信他会把我处死。如果他真要处死我,也一定有他的理由,所以,我会按父皇的旨意去死。"

"啊,不,不要!"三个孩子异口同声地喊了起来,他们最不想听到这个答案,扶苏却这样回答了。

晓星嘟着嘴说:"扶苏大哥,你也太乖了吧!"

晓晴眼泪汪汪地说:"扶苏大哥,我不许你这样做!"

连小岚也沉不住气了,她气急败坏地说:"扶苏大哥,生命诚可贵,你怎可以这样轻易放弃!"

扶苏叹了口气:"古语有云,'君要臣死,臣不死不忠;父要子亡,子不亡不孝',不论是作为儿子,还是作

为臣子,我都不能违抗皇命。"

小岚说:"扶苏大哥,如果真的发生这种事,难道你就不会去想想,或者这根本不是你父皇的意思,是有人假传圣旨,有心把你害死吗?"

晓晴说:"是呀是呀,肯定是有人假传圣旨。"

扶苏说:"不会的,我父皇何等伟大英明,何等威严,谁敢这样做?"

小岚说:"或者你父皇因为某些突发原因,失去了掌控一切的能力呢!"

晓星说:"对对对,有可能他生了重病,甚至……"

扶苏打断晓星的话:"晓星,别乱说话!我父皇身体很好,又正值盛年,哪会有什么重病,这样的事绝不会发生。"

小岚看着扶苏,心里真是无奈,她说:"如果你接到了这样的圣旨,但有人站出来证明,这是奸臣的阴谋,请你不要上当呢?"

扶苏叹了口气:"圣旨大过天,谁也不能违抗,即使有人证明也无法改变什么。"

扶苏边说边站了起来,说:"嘿,难得有一天空闲带你们出来玩,我们别说这些不可能发生的事了。来,我们继续骑马!"

第8章
寻找秦始皇车队

"唉!"

"唉唉!"

"唉唉唉!"

从骑马回来后,小岚、晓晴和晓星就一直不停地叹气。既然扶苏已表了态,那他们原先的计划,即在假圣旨送到时,揭穿赵高等人阴谋的做法,已经行不通了。

怎么办呢?好死心眼的扶苏大哥啊!怎可以别人叫你死你就乖乖地去受死呢!扶苏大哥啊,究竟怎样才能拯救你!

突然,小岚一拍桌子,说:"既然决定要救人,就要

救到底,天下事难不倒马小岚!"

"啊,你想到救人的方法了?"晓晴、晓星一听小岚这么说,马上喜上眉梢。

小岚说:"A计划行不通,我们就实施B计划!"

"什么B计划?"晓晴和晓星一起凑近小岚。

小岚说:"我们从根源上去制止事情发生。"

"根源上?"那两姐弟又再凑近些。

小岚说:"我们想办法接近秦始皇,不让赵高假传圣旨的事情发生。"

晓晴和晓星互相看了看,异口同声地说:"好办法!那我们什么时候开始行动?"

小岚说:"事不宜迟,我们现在就走。"

晓晴说:"我看见扶苏大哥跟一帮将领开会呢!等他们散了会,我们跟扶苏大哥道别再走吧!"

小岚说:"不行,要是扶苏大哥知道我们要走,一定会派人一路保护我们的,那反而会给我们造成不便。我们留话给外面的小勤务兵,说我们打听到了亲人的下落,急着找去了,让他们跟扶苏大哥和蒙将军说一声。"

三个人就这样悄悄地离开了公子府。

走在市集大街上,有小部分店铺还没有关门,一间玉器铺还有客人在挑首饰。小岚一看那玉器铺的店名——"全旺",突然想起了什么,便对晓晴姐弟说:"你们在这大树下等我一下,我到前面办点儿事,马上回来。"

柜台后面站着一个老板模样的大叔,见到小岚,他满脸笑容地问:"小姑娘,是要买首饰吗?"

小岚说:"哦,我来打听点儿事。今天有人来卖过一件羊脂白玉佩吗?"

大叔说:"羊脂白玉佩?哦,是的是的。今天有个老伯来这里,卖了一件羊脂白玉佩给我。"

"是这样的,那玉佩是我家大哥心爱之物,只因为家中银钱周转不开才忍痛割爱,拿来卖了。"小岚说着,脱下手腕上的羊脂白玉镯子,递给大叔,说,"这样好不好,我拿这只镯子来换回我大哥的玉佩,希望老板成全。"

大叔接过镯子,举起在光亮处看了一会儿,说:"本来我们购入的玉器都不会再退回的,不过见你兄妹情深,实在难得,我就破一回例,交还给你吧!"

小岚高兴地说:"太好了,谢谢大叔!"

大叔走入后面房间,一会儿拿出一个小布包,打开,里面正是扶苏那件玉佩,大叔又再仔细看了看小岚那只玉

镯,说:"你这只玉镯,成色跟这玉佩差不多,但年代明显比玉佩久,比玉佩值钱,所以,我要多给你五百钱。"

小岚大喜过望,原来设想能用镯子换回玉佩就已经很开心了,没想到这大叔这么实在,还补给她这么多钱,这下连路费也有了。她不禁连声对大叔说"谢谢"。

大叔说:"你不用谢我,谢你自己好了。这么好看的镯子,是每个小姑娘都梦寐以求的,你为了哥哥,竟舍得拿来卖,真是个好孩子。"

小岚说:"谢谢大叔夸奖。大叔,告辞了,祝您生意兴隆!"

大叔微笑着说:"小姑娘,你走好!祝你好运!"

小岚接过玉佩,只见它晶莹纯净、洁白无瑕,上面还刻了两个小字:怀玉,看来应该是扶苏娘亲的名字。

小岚拿着五百钱兴高采烈地走回大树下,晓星见了,惊喜地说:"哇,小岚姐姐好厉害,才一会儿就挣到了这么多钱!"

晓晴马上发现小岚戴着的镯子不见了:"小岚,你的镯子呢?你把镯子卖了?"

小岚说:"是呀,那东西碍手碍脚的,卖了算了。"

晓晴说:"你说谎!这镯子是伯母送给你的,你说过，看见镯子就像看见伯母陪在身边。再说，这镯子是罕有的羊脂白玉镯，又是古董，在现代价值连城。你别为了路费就把镯子卖了，我宁愿挨饿，也不想看你卖掉镯子！"

晓星听了，也说："我同意姐姐意见！小岚姐姐不能卖掉镯子。我顶多不叫你买饼子吃了，你别卖伯母给你的镯子好不好！"

"我卖掉镯子不光是为了路费！"小岚不想多说，拉着晓晴和晓星往前走，"嘿，不卖都卖了，要不回来了。快走吧！"

晓晴和晓星无可奈何，只好跟着小岚走了。

走到驰道边上，看见路边有辆马车，车夫正提了一桶水给马喝，小岚说："马车夫走南闯北的，一定知道秦始皇南巡车队的去向，我们去打听一下。"

小岚走过去，很有礼貌地问道："大叔，想打听一下，你知道秦始皇陛下的车队现在大概在哪个地方吗？"

大叔笑呵呵地说："你问对人了！我前几天去送一个长途客人，看见过皇帝的车队，正朝着咸阳方向走呢！"

小岚一听很高兴："噢，太好了！那你可以帮我们追上车队吗？"

大叔说:"你们是想看看皇帝出巡的气势吗?"

小岚顺水推舟地说:"是呀是呀,我和我的两个朋友想开开眼界。"

大叔说:"行,我就送你们去!按他们行走的速度,我想三四天就能赶上。"

长话短说,一行人一路风尘,很快就到了第四天中午,大叔把他们载到一处小树林,说:"你们可以在这里等候皇帝的车队。你们看那远处灰尘滚滚,估计就是皇帝的车队往这里来了,你们在这里可以很清楚地看到大队人马经过。"

"谢谢大叔!"小岚几个人下了马车。

大叔一挥马鞭,赶着马车走了。

小岚找了个隆起的小草坡,三个人坐了下来吃干粮。晓星咬着个饼子,跑到一个小土墩上眺望,突然,他兴奋地喊了起来:"来了,皇帝车队来了!"

小岚和晓晴赶紧跑上土墩,果然,远处一队长长的望不到尾的队伍向这里来了。

队伍越走越近,三个孩子都张大了嘴巴,因为那场面实在太壮观了!

先是近百人的乐队开路,乐师们每人拿着乐器,吹奏着威武雄壮的乐曲，接着是数百名雄赳赳气昂昂的军士，手持武器，步伐整齐地前进着。军士后面，是许多辆马车，每辆马车都十分豪华漂亮……

小岚指着马车中最豪华的那辆，说："看，那里面坐的应该就是秦始皇！"

晓星道："哇，好大啊！简直是一间小型房子呢！"

大家都很激动，秦始皇出巡的场面，看过书本上描述，也看过电视剧的再现，但怎比得上现场亲眼目睹，那种雄壮，那种气势，真不愧是千古一帝出巡啊！

三人正在感慨，忽然见队伍停了下来，接着见到传令兵一路喊叫，原来队伍准备在这里休息呢！

小岚很高兴，正愁怎样混进队伍里呢，队伍在这里休息，就有机会了！

又见到马车上陆续有人下来，都是穿着官服的，想来都是些朝廷大官。他们都跑到那辆特别豪华、特别大的马车前面，恭恭敬敬地请示着什么。

"有人走过来了，快躲起来！"小岚忽然见到有几个人往树林这边走了过来，她连忙拉了晓晴、晓星一把。

三个人藏在树后面。只见那走在前面的人大概二十岁左右，穿着一件深色衣服，生得眉清目秀。后面跟着的两

个人应是侍卫,手拿着长剑,警惕地左顾右盼。

晓晴说:"这个人好特别,别的官员都去向秦始皇问安,唯独他自己一个人到处跑。"

晓星说:"莫非他的官位比那些官员都大?"

小岚说:"我看这人一定是胡亥。你们没看到他的样子很像扶苏大哥吗?"

晓星仔细看了一下,说:"噢,真的,他真的有点儿像扶苏大哥呢!不过,扶苏大哥比他帅。"

晓晴睁大眼睛:"啊,胡亥?!就是那个不顾兄弟情义、抢了扶苏大哥皇位的坏蛋!岂有此理,让我去给他一巴掌,打醒他!"

晓晴说着就要站起来。

小岚一把拉住她:"别动,要是让人怀疑你是刺客,我们就死定了。"

晓晴没敢再动,只是仍然气愤难平。

小岚说:"我看这胡亥本质不算太差,只是让赵高教坏了。我想,这次可以借助胡亥,混进车队去,再找机会接近秦始皇。也许由此引起的效应,也改变了胡亥接下来的命运呢!"

晓星说:"我同意小岚姐姐的意见。但是,小岚姐姐,我们怎样接近胡亥呢?听说秦始皇几次遭人行刺,所以他们对陌生人都很警惕。"

小岚还没回答,就听到胡亥大声嚷嚷:"闷死了闷死了!还以为跟着父皇出巡很好玩,没想到一天到晚闷在车里,灰尘滚滚、颠来颠去,简直烦死了。"

又听到一个侍卫说:"公子,我们玩捏泥人吧!我们捏马、捏马车,还捏马车上的公子……"

"你有点儿新意好不好?!让我玩这么脏的玩意儿,我不要!"胡亥不耐烦地挥挥手。

另一个侍卫说:"公子,不如我们看蚂蚁打架好不好?看,地上好多蚂蚁呢!"

"去去去,恶心死了!"胡亥厌恶地皱着眉。

小岚听到这里,灵机一动,说:"有了!晓星,你身上不是带着那副飞行棋吗?"

"是呀,在这里。"晓星说着从口袋里掏出一个方方的、扁扁的小盒子。

小岚找了一块平整的地方,把棋盘铺好:"来,我们来玩飞行棋。"

晓晴瞪大眼睛:"啊,玩飞行棋?就在这里玩?"

小岚瞪了她一眼:"笨!"

晓星眼睛骨碌碌转了转,兴奋地说:"我知道我知道,小岚姐姐想用好玩的游戏引来胡亥!"

小岚说:"聪明!史书上说胡亥是个典型的纨绔子弟,最喜欢玩耍,我们玩飞行棋吸引他过来。快坐下来,我开始掷色子了。啊,六点!我多幸运,可以起飞了。"

晓星接着掷色子:"啊,小岚姐姐的幸运传给我了,我也是六点,起飞!"

晓晴拿起色子,说:"看我也幸运给你们看!"

谁知道她一掷,色子打了个滚落到地上,却只是三点,不能起飞!

"哈哈哈!"小岚和晓星得意地大笑着。

接着小岚一掷掷了五点,她拿起棋子,往前走了五步;晓星掷了个四点,往前走了四步;又轮到晓晴掷了,她拿着色子,往上面吹了口气,说:"六、六、六……"

谁知一掷,小岚和晓星都乐翻了,因为色子落地的一面只有一个小圆点。晓晴嘴巴顿时噘得能挂个瓶子。

突然发觉身旁那棵大树后面发出轻微声响,三个人发出会心微笑,胡亥来了!

没错,三个孩子的欢笑声真的把胡亥引来了。他悄悄地走近他们,看着他们玩。

这时,晓晴拿起色子,进行第十一次投掷。之前十次都没有掷到能起飞的六点,所以她的四只"飞机"都还停在"机坪"上,而小岚和晓星的"飞机"已经快走到终点了。当下晓晴把色子使劲一掷,色子停住后,她高兴得拍着手尖叫起来:"啊,六,六,六,我可以起飞了!"

胡亥忍不住从树后走出来:"喂,你们在玩什么?好像很好玩呢!"

三个孩子装作才发现有人,都"唰"一下把头扭向树那边。小岚笑着说:"我们在玩飞行棋呢!"

胡亥望向小岚,一见之下竟马上愣了愣,脱口说道:"啊,妹妹,你好漂亮啊!"

晓星见胡亥眼睛直愣愣地盯着小岚,便使劲一拍他的肩膀,又指指地上:"棋盘不在小岚姐姐脸上,在这里呢!"

胡亥收回目光,一屁股坐到棋盘前面,好奇地看着那些棋子,说:"飞行棋?怎么我从来没见过这种棋。"

幸好晓星这副棋的棋盘是用布做的,如果是纸的话,还得费唇舌跟他解释一番呢!

小岚问:"公子,怎么称呼你?"

那胡亥毫不避忌就亮出身份:"我是当今天子的小儿

子,公子胡亥。"

"啊,原来是公子胡亥,久仰久仰,惶恐惶恐!"三孩子装出一副惊诧样子,起身要行大礼。

胡亥一把拉住他们,一副无所谓的样子:"嘿,不用不用。我们一起玩,就是玩友,在这点上我们是平等的。快快快,快告诉我怎么个玩法。"

"公子哥,我教你!"晓星自告奋勇地给胡亥摆好棋子,"飞行棋是这样玩的,色子掷到六点,才能起飞……"

那胡亥果然是好玩之人,因而对于玩也特别聪明,他一下就明白了飞行棋的玩法,和小岚他们玩得大呼小叫、不亦乐乎。

忽然听得一阵吆喝声,原来传令兵喊着要起行了。

胡亥玩得正开心,哪里肯走,那两个侍卫在旁边催了一遍又一遍,胡亥都好像借了聋子的耳朵一样充耳不闻,弄得两个侍卫在一旁抓耳挠腮干着急。

小岚笑着说:"公子,你还是赶快上车吧,你们的队伍要出发了。我们也要上路了,我们要回咸阳。"

"啊,不行不行,我不能放你们走,我要跟你们玩飞行棋!"胡亥着急地说,"你们也是去咸阳?那太好了!

你们就跟我一块儿坐车好不好,我的马车车厢很大,十个人都坐得下。我们一边玩飞行棋,一边回家。"

胡亥的提议正中小岚他们下怀。晓星装模作样地说:"啊,不错哦!两位姐姐,我们就乘公子哥的车回咸阳好不好?"

小岚说:"那会不会叼扰公子……"

胡亥怕她们不肯,忙说:"不叼扰,一点儿不叼扰,我巴不得你们坐呢!"

小岚说:"好,那就恭敬不如从命了。"

胡亥眉开眼笑:"好好好,几位,请跟我来。"

一行四人走到一辆马车前,正要上车,突然听到尖利的声音传来:"公子,且慢!"

说话的声音低沉中带着尖细,还很刻意地把音量拿捏得不高不低,给人一种造作的感觉。

小岚一看,见是一个穿着太监衣服的中年男人,只见他肥头大耳,眼睛很小,眼尾有点往下塌,小眼睛里的黑眼珠却很亮,有一道邪光射出。他一脸谄笑,朝胡亥作了一揖,说:"公子,这几个人是谁呀?"

说着,他把目光转向小岚等人。

这时,他脸上的谄笑蓦地不见了,变得一脸阴沉,小

眼睛里的光瞬间变成两把利刃，狠狠地射向几个孩子。

晓晴、晓星从没见过这样吓人的眼神，都不由自主地躲到了小岚身后。

胡亥说："他们是我新交的朋友。"

太监又换了一脸谄笑，对胡亥说："公子，为了陛下和您的安全，不能让来路不明的人加入车队。"

小岚心想：是谁这样全无顾忌，干涉公子胡亥？看他的样子肯定不是好人，莫非他是……

小岚脑海里蓦地浮现了一个千古罪人的名字——赵高。

"赵高，你好大胆！竟敢阻挠我带朋友上车！"胡亥很生气，他又对小岚等人说，"别管他，我们上车！"

小岚看了那个太监一眼，果然就是那个一手毁了大秦江山的赵高。真是奸人有奸相，一看就知道不是好人。

第9章
遇刺

胡亥喜滋滋地带着小岚三人上了车,看他那样子,比得了什么稀世珍宝还要高兴。出来几个月,差不多天天闷在车里,这对于无玩不欢的他来说,真是比死还要惨。而今找到了三个玩伴,还有那么好玩刺激的飞行棋,这怎不叫他喜出望外!

车队起行了,胡亥迫不及待地摆好棋盘,催促说:"快,快,上一盘小岚赢,小岚先掷色子。"

于是,四个人又在车里热热闹闹地玩起飞行棋来了。车厢里一改平日沉闷,不时发出欢快的笑声。

隔着几辆车子,正坐着我们的千古一帝秦始皇。几个

月出巡,别说是年轻好动的胡亥,连秦始皇也受不住了,加上他最近还身体不适,更觉得闷恹恹的。此刻他正拿着一本书打瞌睡,突然听到一阵久违了的欢笑声,从车厢外传来。

秦始皇的睡意马上跑了几分,他大声问道:"谁在那里嬉笑喧哗?"

赵高拨开布帘走了进来,应道:"陛下,是公子。"

"是亥儿?"秦始皇狐疑地想了想,这孩子自出来南巡,就一天到晚苦着脸喊闷,现在什么事情让他这样开心了?

儿子开心,当父亲的当然也感到快慰,他脸上不禁露出了慈爱的笑容。笑声一阵又一阵传来,好像还不止一个人。

秦始皇又问:"亥儿车里还有些什么人?"

"回陛下,是几个来路不明的孩子。"赵高顿了顿,见秦始皇没表示,又继续说,"我昨天曾劝阻过公子,说陛下安全要紧,只是公子受了那些孩子的狐惑,没听奴才的。陛下,要奴才去把他们赶走吗?"

秦始皇眼睛转了转:"朕自己去看看。"

赵高说:"陛下,您的安全重要!"

秦始皇瞪了他一眼,说:"别废话!不就几个跟亥儿合得来的孩子嘛,用得着这么大惊小怪吗?"

赵高慌忙说:"是,陛下!"

他赶忙喝停马车,又跳下去,架起梯子,扶秦始皇下车。

走近胡亥车厢,赵高刚要通报,被秦始皇制止了。他悄悄地上了胡亥的车,他很想知道,究竟是什么人这么有能耐,把这一路上显得闷闷不乐的儿子弄得这样开心。

车厢里,四个孩子正围着一个棋盘,玩得十分开心,连秦始皇上了车也没发现。秦始皇打量了一下那几个孩子,两个女孩漂亮秀气,其中一个举手投足显得高贵不凡,另外一个男孩机灵活泼,看上去都是可爱纯真的孩子。秦始皇不动声色地站在一旁看着他们玩耍。那种棋从来没见过,棋盘颜色鲜艳漂亮,棋子是圆形的,上面还刻着一个怪模怪样的什么东西(飞行棋的棋子上刻的当然是飞机了,但秦始皇哪里见过,所以看成怪东西)。

看来还真是挺好玩的,怪不得胡亥这样开心。

胡亥偶然一抬头,发现了父亲,马上兴高采烈地说:"父皇,这飞行棋很好玩呢!"

小岚等人听得胡亥叫"父皇",忙抬起头。

啊，这就是千古一帝秦始皇吗？只见面前站着一个高大的男子，身着阔大的玄色深衣，衣领处还绣着红色云纹图案，两只阔大的袖子各绣了一条腾飞着的龙。粗的眉，圆的眼，鼻直口方，下巴留着胡子……此刻，他目光如炬、脸色威严地看着孩子们。

晓晴好像有点儿害怕，不敢直视；晓星却不眨眼地看着秦始皇，好像想把他每一点特征都记在脑子里；小岚乍见秦始皇，心里也很激动，这就是统一中国的秦始皇吗？真是名不虚传，果然一派帝王风范啊！

小岚拉拉晓晴、晓星，三个人起身向秦始皇行礼。胡亥介绍说："这是我新认识的朋友，漂亮妹妹小岚，还有晓晴、晓星。他们的飞行棋实在太好玩了，刚好他们是到咸阳寻亲的，我就让他们坐我的车，一块儿下棋。"

自从秦始皇消灭齐、楚、燕、韩、赵、魏六国，统一中国之后，六国的贵族都对他十分仇恨，曾组织多次暗杀行动行刺他，只是他福大命大，每次都躲过了。但也因为这样，他向来不信任陌生人。

当下，他用威严的目光打量着三个孩子。晓晴、晓星一个娇憨，一个天真，一眼就看出不是能藏得了阴谋的人。

再看看小岚,不知怎么,秦始皇一下就喜欢上了这个女孩子,看她眼睛的清澈,笑容的真挚,样貌的美丽,气质的娴雅,都令他想起了自己那个十岁时死于伤寒的女儿双阳公主。如果双阳没死,如今也该长这么大了。

胡亥拉了拉秦始皇的袖子,说:"父皇,旅途漫漫,还有很多天才能回到咸阳呢,您也跟我们一块儿玩吧,很开心的呢,好不好?"

胡亥本来是说说而已,因为父亲向来严肃,怎会跟他们小毛孩玩到一块儿呢!没想到,秦始皇爽快地答道:"好啊!"

晓晴在秦始皇面前毕竟有点儿胆怯,便主动让出位子,把自己玩的一方给秦始皇。就这样,指点江山、叱咤风云的千古一帝秦始皇,和几个孩子下起飞行棋来了,他和小毛孩一起嚷嚷,一起欢笑,开心得跟身边的孩子没什么两样。

正在这时,车队突然一阵喧哗,紧接着,听到"轰"一声巨响,像是什么砸到什么上,那力量很大,地动山摇,胡亥的车子也随着晃了几晃,飞行棋棋盘上的棋子全部掉到地上。

胡亥一惊,大叫:"什么事?"

秦始皇脸上很镇静,但从他发抖的手,可以看出他心里的惊慌。晓晴、晓星赶紧拉着小岚的手……

"轰!轰……"又是连续多下巨响。

车外乱糟糟的,无数个声音响起:

"有刺客!"

"保护陛下!"

"抓住那个人!"

"他跑了!"

"第一、第二卫队,跟我来……"

这时,车子的布帘一揭,赵高慌张地叫道:"陛下,陛下!"

车外黑压压围了一大圈将士,想必是来护驾的。

秦始皇这时显然已调整了心态,站了起来,说:"发生什么事了?"

赵高嘴唇颤抖着,说:"恭喜陛下洪福齐天,逃过大难。"

赵高扶着秦始皇下了车,指着不远处,说:"陛下,您看。"

秦始皇一看,吓得身子不由自主晃了晃。

原来,他一直坐着的那辆车,此刻已变成一堆废铜烂

铁。假如他不是来了胡亥的马车玩飞行棋……

秦始皇不敢想下去,想想都心惊胆战。

好不容易镇静下来,秦始皇怒吼着:"是谁这么大胆!"

赵高心有余悸,说:"一个彪形大汉从树林里窜出来,手里拿着一个巨大的铁锤,冲向陛下的车驾,一连砸了十几下。"

秦始皇说:"人抓到没有?"

赵高说:"陈将军带着人追去了!"

秦始皇怒道:"真没用!"

"是,是,臣子没用,奴才也没用,让陛下受惊了。"赵高弯着腰赔着笑脸,又说,"陛下,外面危险,您还是上备用的车子歇一歇吧!"

"哼!"秦始皇一拂袖子。

第10章
免死金牌

秦始皇下车后，胡亥坐在一边，托着腮发了一阵子呆，似乎还沉浸在刚才的恐惧中。

晓晴、晓星这时才发现他们一直死死地握着小岚的手，于是马上放开了。晓晴向来不忌讳自己胆子小，女孩子嘛，胆子小是天经地义的。

晓星就显得有点尴尬了。自己是男孩子，刚才应该勇敢地保护两位姐姐呀，怎么怕成这样呢！怪只怪那几声巨响太吓人了。

只有小岚没事儿一样。向来喜欢冒险的她巴不得有点儿事儿发生呢，要不跟那公子哥胡亥一直玩飞行棋玩到咸阳，

多好玩的东西也会变得乏味呀！想想刚才的事也有点儿玄，要不是秦始皇上了胡亥的车，那他现在已经被大锤砸成肉酱了。

这时，胡亥似乎缓过气来了，他说："嘿嘿嘿，没事了，我们继续玩飞行棋！"

于是，哪管什么惊天大刺杀，胡亥的车厢里"舞照跳，马照跑，飞行棋照玩"。

很快就日落西山，黑夜来临了，于是车队又停了下来，埋锅做饭，然后露宿一晚再起行。

吃过晚饭，胡亥又要继续玩棋，但小岚他们一连玩了半天棋，已经有点儿提不起劲了。晓星灵机一动，说："公子哥，我们到外面玩'一二三，木头人'好不好？"

胡亥一听很开心："'一二三，木头人'好啊，跟你们交朋友真开心，这么多新玩意儿！去去去，我们马上去玩！"

小岚和晓晴早就想下去走走了，于是四个人高高兴兴地下了车。

几个侍卫上来向胡亥鞠躬，其中一个说："公子，对不起。因为刺客还没有抓到，赵大人吩咐，不能让公子走远。"

胡亥眼睛一瞪，说："怎么，个把小刺客就要我一直在车里坐牢吗？我就在附近玩而已，不是走远！"

说完，他拉着晓星的手就跑，几个侍卫只好跟在后面。

不远处就是大海，海边有一块开阔地方，胡亥兴奋地说："晓星，快教我玩'一二三，木头人'。"

晓星说："很容易玩的。我们选一个人做传令官，站在这棵树下，其他的人做木头人，站在离传令官三十步远的地方。传令官背向着木头人，数三下回一次头；木头人就趁着传令官背着的时候赶紧向大树跑，传令官回头时就要像木头一样一动不动；如果传令官回头时见到哪个木头人在动，那个木头人就算输了；而最快跑到传令官身边的木头人就算赢。"

"噢，好玩好玩！那就由晓星做传令官吧，我和小岚、晓晴做木头人。"胡亥把小岚和晓晴拉到身边，可能嫌人少，他又大声喊那几个侍卫，"喂，你们几个，快过来玩木头人！"

于是，一帮人嘻嘻哈哈地玩起木头人来了。胡亥玩得最起劲，笑得最大声。

小岚玩了一会儿，悄悄地退出了。她走到海边，找了

块干净的大石头坐了下来。繁星满天,月朗星明,月华星辉洒在海面上,银光闪闪,好美的夜啊!

小岚仰头望月,突然听见背后有脚步声,扭头一看,竟是秦始皇。小岚急忙起身行礼。

秦始皇微笑着看着小岚:"怎么不去跟他们一块儿玩?"

小岚笑着说:"有点儿累了,在这坐坐。"

秦始皇走到另一块大石头上坐下,又叫小岚:"你也坐。"

小岚"嗯"了一声,坐了下来。

秦始皇用慈爱的眼神看着小岚,心里越来越觉得她像自己那去世的女儿双阳公主。向来迷信的他,心里不由产生了一个念头:莫非是老天派这女孩来救自己一命的?要不然,他们几个孩子干吗早不出现晚不出现,却在有人来行刺的时候出现;而自己从来不会上胡亥的车,今天却鬼使神差跑了过去!

小岚察觉到了秦始皇的眼神,心里想,历史书上都说秦始皇生性多疑、为人残暴,平日里不苟言笑,以致所有人在他面前都不敢仰视。有些胆子小的人,见到他都会禁不住浑身发抖。但是,自己所见到的秦始皇,并不是这样

的啊!看他瞧着自己的眼神,还挺慈祥呢!

秦始皇说:"小岚,谢谢你!"

"啊!"小岚有点奇怪,"为什么谢我?"

秦始皇说:"要不是你们出现,要不是朕跟你们玩飞行棋,恐怕朕现在已经没命了。"

"啊,原来是因为这个!"小岚一听笑了起来,她歪着脑袋,开玩笑说,"咦,那我岂不是您的救命恩人?"

没想到秦始皇很认真地点着头:"绝对是!"

小岚眨着眼睛,她没想到秦始皇真会这样想。

秦始皇又说:"朕得好好谢你。你想要什么?金银财宝,要多少有多少。"

小岚笑了:"不用不用,做好事不求回报。何况,我也没做什么,只是刚好碰上罢了。"

秦始皇见小岚不图回报,心里更喜欢她了。他想了想,从袖子里掏出一个金灿灿的牌子,递给小岚:"朕就送你一个免死金牌吧!"

小岚一听,咦,史料不是说,免死金牌是汉朝才有的吗?原来秦始皇也有呢!噢,也好啊!有这么一个免死金牌,说不定以后能派上用场呢!

"那我就恭敬不如从命了,谢谢皇帝伯伯!"小岚接

过金牌,好奇地端详着,"哦,原来传说中的免死金牌是这样的!皇帝伯伯,是不是不管我今后做了什么、说了什么,您都不会砍我的头?"

秦始皇大笑着说:"当然,你的脑袋一定会好好地长在脖子上,谁也拿不走!"

见小岚接受了他的馈赠,秦始皇显得很高兴,他看看眼前大海,望望天上一轮皓月和点点繁星,觉得心情好极了:"怪不得你一个人坐在这里看风景,原来月亮这么明,星星这么亮!"

小岚仰望星空:"是啊!可惜,两千年后的天空,就没有今天这么清朗和美丽了。"

秦始皇笑了:"你这孩子想象力真是丰富,竟然想到两千年后。"

小岚看着秦始皇:"不,我觉得您的想象力才丰富呢!您能想到把七个国家统一为一个国家,您不但想了,而且做了,把理想变成了现实。之后,您又确立中央集权的体制,统一文字、货币,统一度量衡,修建驰道,修建长城,开拓边疆。"

秦始皇听了很开心,但接着又叹了口气:"朕只是把理想实现了一部分,接下来,怎样把国家治理好,才是最

困难的事呢！"

小岚点头说："我同意。创业难，守业更难。"

"没想到你小小年纪，就懂得这么多，看问题这么透彻，要是朕那些儿子都像你这般聪明就好了。"秦始皇欣赏地看着小岚，又说，"人人都以为完成了统一大业，就可以躺下来睡大觉，享受成果了，殊不知，巩固政权比夺取政权更难。试看现在民间多少反对声音，多少暴民造反，就知道保住江山十分不易了。所以，朕才坚持大秦旧法，苛法重典治国，才用非常手段狠狠整治那帮煽动造反的读书人。小岚，你是个聪明的孩子，你对大秦的国情怎么看？"

"我是有点小建议，不过……忠言逆耳。"小岚看着秦始皇，调皮地说，"如果陛下不爱听，别砍我的脑袋。"

秦始皇哈哈大笑："你放心好了，朕不是给了你免死金牌吗？不管你说什么，朕都不会砍你脑袋。"

"谢皇帝伯伯，那我就说了。"小岚马上变得一脸正经，"陛下，秦孝公时推行商鞅变法，从政治、经济、文化等各方面对秦国进行全方位的改革，对秦国的强大起到了直接的作用。商鞅变法重刑罚，这在当时是必须的。那时，国家积弱，被强国欺负，外敌频频入侵，国土不断丢失，而民众也不受控制，有法难依，正所谓'乱世用重典'，新法在当时是可行的。但是，秦在伐灭六国之后，国家面临的情况发生了重大变化，所以以前可以在一个地方行之有效的制度，却不能在全国全面推行。"

秦始皇饶有兴趣地听着。

小岚继续说："打个比方，百姓被征入伍或做劳役，如果在法定限期内不能赶到目的地，按秦法就要被判死刑。但是，我们要考虑到，战国时代秦国疆域小，百姓到服役地点路程短，所以一般不会误时，可到了秦朝以后国家太大了，这个制度就会出现问题。假如路上碰到突发情况，比如狂风暴雨、山泥堵路等，就难以按期到达目的地。于情于理，大风大雨应该是一个相当有力的免责或减责理由。而秦朝刑律之失，在于不区分情节，只要发生刑律中所不允许的，就一律论处。"

秦始皇虽然也觉得小岚讲得有道理，但让一个小女孩来抨击他国家的法律，这未免太有损他的尊严了！于是，他脸色一变，喝道："大胆，你竟敢说朕大秦法律有失！"

也许是秦始皇的声音太大了，而且语气不善，所以惊动了一直在十几米之外警戒着的贴身卫队，五名士兵呼啦啦地围了过来，手持武器对着小岚。

第11章
敢和皇帝对着干的女孩

再说小岚惹得秦始皇龙颜大怒,又被许多把刀子架着一动不能动,这阵势要是换了别的女孩子,早就被吓昏了。可是,我们的马小岚是天不怕地不怕的呀,刀枪剑戟在她眼里,只不过破铜烂铁一堆罢了,只见她面不改色,把免死金牌在秦始皇眼前晃了晃,说:"皇帝伯伯,这些人是来要我脑袋的吗?我可是有免死金牌的哟!"

秦始皇听了,把对小岚的怒气转嫁到那些卫兵身上,他眼睛一瞪,骂道:"混账,谁叫你们过来的,给朕退下!"

卫兵退下去后,秦始皇气呼呼地一把夺过小岚手里

的免死金牌，说："这免死金牌只能用一次，你得还朕了。"

"啊，不行，还给我！"这免死金牌这么有用，她哪肯还给秦始皇。无奈秦始皇已经把免死金牌揣在袖子里，小岚又不好去抢，只好坐在大石头上生气。

秦始皇得意地笑着，又说："小丫头，还要说吗？"

小岚瞪他一眼，赌气说："不说了。"

秦始皇回想刚才小岚的话，觉得其实也不无道理，于是又对小岚说："说，你说，朕倒想知道你还有什么高见。"

小岚撇撇嘴说："我不想跟您讲话了！"

秦始皇说："朕看是有人江郎才尽了吧？不说就算，朕还不想听呢！"

小岚说："噢，您不想听，那我就偏要说！"

说实话，小岚也的确想把一些正确的理念告诉秦始皇，这样，他才会理解扶苏的一片苦心。

小岚想了想说："那我说说焚书坑儒。"

秦始皇最不想听别人提"焚书坑儒"，为了这事，他背上了"暴君"之名，还因为这事把心爱的儿子扶苏痛斥一番，之后贬到边疆去了。这女孩是"哪壶不开提哪

壶",还不知道她又会说出什么不好听的话呢!

想到此,他故意把眼睛睁得圆滚滚的,恶狠狠地瞪着小岚,心想,在朝堂上,多少敢言的文臣武将在自己凌厉的目光中都敛首低眉不敢说话,看你这小丫头还敢不敢乱讲。

小岚看见秦始皇这样子,心里很好笑:这个皇帝一定是怕我说他残暴,所以先发制人,吓唬我呢!她有心跟这位千古一帝开开玩笑,便也大睁双眼,用毫不畏惧的目光去回瞪秦始皇。人们时常喜欢用"刀子"去形容那些厉害的目光,如果真是这样的话,此时小岚和秦始皇的对望,简直会令人听到"咣咣"的刀击声,看到溅着火星的刀光剑影。

不过,秦始皇首先败下阵来,因为他的眼睛没有小岚的大,所以"火力"也相对较弱,另外他年纪大了眼神没有小岚好,跟小姑娘互瞪了一会儿便头昏眼花了,所以,这个回合绝对是小岚胜!

秦始皇一副丧气样子,好像一个玩游戏输了的小孩子,小岚不禁"扑哧"一声笑了起来:"我开始说了。"

秦始皇有气无力地朝她挥挥手:"说吧。"

"是您让我说的啊,您别又用眼睛扔刀子过来哦!"

小岚嘻嘻笑着,"我说到哪里了?哦,是您不爱听的'焚书坑儒'。"

说到这里,小岚又严肃起来:"秦推行郡县制,使儒生们失去了许多做官的机会。因此,他们反对郡县制,希望恢复分封制的呼声也就格外强烈,因为如果实行分封制,儒生们便可到诸侯国去做大官,可以搏个好前途。这些人为了一己私利,上蹿下跳,呼吁恢复分封制,拉帮结派、四处作乱。陛下感到了危机,所以才采取了焚书坑儒的做法。"

秦始皇见小岚竟然如此客观地谈及这件事,不禁眉开眼笑,早知这样,刚才就不去吓唬这小女孩了。他竖起耳朵,留心地听着。

偏偏小岚不说了,秦始皇催促说:"说呀,继续说,朕喜欢听。"

小岚说:"现在我又不想说了,除非……"

秦始皇急忙问:"除非什么?"

小岚眨了眨眼睛,说:"除非皇帝伯伯把免死金牌还我。"

秦始皇很想听下去,便马上从袖子里拿出免死金牌,往小岚手里一塞,说:"好好好,给你。快说!"

"嘻嘻!"小岚把免死金牌放好,又开了口,"是的,您焚书坑儒事出有因,但是……"

秦始皇一听这转折词,马上睁大了眼睛,警惕地看着小岚。

小岚看了他一眼,继续说:"但是皇帝伯伯,您有没有想到,天下初定,人心未附,您大肆镇压儒生,不怕人心怨愤、百姓作乱吗?而且,这些人也罪不至死,顶多惩罚一下,或者让他们坐几年牢算了,何必把人杀了?更何况,包藏祸心的儒生只是一小部分,很多都是循规蹈矩的读书人,您不觉得这是枉杀无辜吗?他们罪不至死,那是一条条生命啊,不是地上的小蚂蚁。皇帝陛下,您太过分了!"

最后那句话,把秦始皇吓得目瞪口呆。天哪,这普天之下竟然有这样一个小女孩,手指着皇帝鼻子,指责皇帝做了错事!

真是大逆不道,砍十次头都不过分!

他一下站了起来,大喊一声:"来人哪!"

眨眼间,那五名卫兵又围了上来,这次跟上回不同了,他们清清楚楚地听到了皇帝的呼唤。五名卫兵得意地瞧着小岚,心里都在想:哼哼,小姑娘,快求饶吧,兴许

陛下还能饶你不死。

偏偏他们碰上的不是个普通的女孩，她可是天下事难不倒的马小岚啊，还怕他们五个大叔吗？

小岚瞅瞅他们得意的样子，使劲哼了一声，"嗖"一下把免死金牌举了起来："休得无礼，看我免死金牌在手！"

五个大叔一下子呆了，这小女孩究竟有几个免死金牌呀！

假的吧？因为早前听说市集上连假的皇帝玉玺也有得卖呢！

一个卫兵凑近免死金牌，仔细一看，马上收起手里的刀："妈呀，是真的！"

其他四个卫兵马上收回手中武器，看着秦始皇，等候命令。

小岚又把免死金牌递到秦始皇眼皮底下，得意地说："皇帝伯伯，这可是您亲手给我的货真价实的免死金牌哦，除非您说话不算数……"

秦始皇气呼呼地看着免死金牌，但是又无可奈何，谁叫自己刚才只顾高兴，又把免死金牌给这鬼灵精了。他袖子一挥，对五名卫兵吼道："滚！"

说完,他又劈手从小岚手里夺过免死金牌:"哼,今后休想再从朕手里拿到免死金牌,朕再也不上你的当了!"

小岚见秦始皇气得嘴巴呼呼出气,把鼻子下面的胡子吹得一拂一拂的,心里想笑,但又拼命忍住,结果还是忍不住,哈哈大笑起来。

秦始皇见小岚笑,开始还挺生气的,但后来憋不住了,也跟着小岚哈哈大笑起来。

远处五名卫兵都惊讶地往他们这边看,都不知这一老一小一会儿怒一会儿笑的,在搞什么名堂。

两人好不容易忍住笑,秦始皇说:"小岚呀小岚,你这个鬼灵精,朕已经很长时间没有笑得这般畅快、这般开心了。好吧,朕就饶过你。"

小岚笑嘻嘻地说:"谢皇帝伯伯!"

秦始皇看着万里长空,好一会儿没作声,过了好久才收回目光,转头看着小岚:"小岚,你曾经做过令自己后悔的事吗?"

小岚想了想,说:"有。小时候,有一次家里养的小狗做了错事,我一气之下把它关到门外去了。没想到小狗自尊心很强,竟然离家出走了。我找不到小狗,心里后悔死了。皇帝伯伯，您呢，您有做过令自己后悔的事吗？"

秦始皇叹了一口气，说："小岚，实话告诉你，焚书坑儒就是令朕后悔的事。原先朕也不想杀那么多人，只是命令发出后有些别有用心的人推波助澜，令事情无法控制。"

小岚惊讶地看着秦始皇，她万万没有想到他会跟自己说这样的话。

"这些话朕从不敢跟别人说。自古以来，一国之君的话就是金科玉律，绝对正确。其实，事情发展成那样，朕也觉得是做错了，但朕能承认自己错了吗？绝对不能！朕是一国之君啊，朕是天子啊，皇帝是不会错的，天子是不会错的！可朕心里又明明知道自己错了。你说，朕心里是多么难受，多么备受煎熬！"秦始皇一副苦恼至极的样子，"当扶苏在朝堂之上，痛说杀儒生的弊处时，其实朕心里何等纠结。明明知道他说得对，但是又不能不维护自己的面子和尊严，对他严加斥责，甚至把他赶出咸阳，贬到艰苦的边境军营去。朕想，扶苏一定恨死朕这个父亲了。"

秦始皇抱着头，苦恼不堪。

小岚听到秦始皇一片肺腑之言，心里也很感动，她也

坦诚地说:"皇帝伯伯,实不相瞒,我之前去过上郡,还见过扶苏大哥。"

"啊,真的?!"秦始皇一听,又惊又喜,连声问,"他还好吧?瘦了还是胖了?他有没有很颓丧?还在伤心难过吗……"

可怜天下父母心,看来这个被后人评价为暴君的人,也跟所有父亲一样关心自己的儿女。小岚真诚地说:"皇帝伯伯,您放心好了,他很好。他跟我说,他一点儿不会恨您,在他心目中,您永远是一个英雄。"

"真的吗?他真的这样说?"秦始皇声音有点儿颤抖。

"当然是真的。"小岚说。

"谢谢,小岚,谢谢你带给朕这么好的消息。"

秦始皇眼里闪烁着什么,小岚知道,那是点点的泪花。

这时候,有人远远喊着:"陛下,陛下……"

秦始皇赶紧用袖子擦了一下眼睛,然后转过头去,厉声道:"何事?"

那人是赵高,他尖着嗓子说:"陛下,天晚了,该歇息了。"

"嗯。"秦始皇应了一声,又对小岚说,"小岚,你也休息吧,我们明天接着聊。"

赵高这时小跑着过来了,他弯着腰,谦卑地给秦始皇引路。

秦始皇问:"赵高,备用的车子还有吗?"

赵高说:"还有一辆。"

秦始皇说:"把车子给小岚和另外那个女孩用吧!她们跟皇儿一辆车不方便。"

赵高很为难:"那……那车子是给陛下留着的龙辇呀!要不,我让其他人腾一辆车出来给她们,好不好?"

秦始皇眼睛一瞪,喝道:"废话,按朕说的去做。"

赵高吓得一哆嗦,慌忙说:"是,是,奴才马上去办。"

第12章
皇帝的小福星

马车可能碰上了什么障碍物,猛地颠簸了一下,把小岚和晓晴弄醒了。虽然坐的是秦始皇的龙辇,比别的马车都要舒适豪华,但时间长了,也真有点儿受不了。

晓晴擦擦眼睛,嘟囔着:"讨厌!这颠呀颠的,骨头都快散架了!"

小岚说:"大小姐,别埋怨了,现在是在两千多年前,有这样的车子坐,已是帝王享受了。"

晓晴没再吱声,她用被子盖过头,还想睡。

正在这时,有人在车外喊着:"嘿,漂亮妹妹,醒了没有?快来我的车子,我们继续玩飞行棋!"

晓晴听到是胡亥的声音，气鼓鼓地说："吵死了！别理他。大清早的就玩玩玩，真烦人！"

偏偏胡亥不管不顾的，仍在外面扯着嗓子叫嚷："小岚，晓晴，太阳出来了，起床了！再不答应，我上车来掀你们被子……"

晓晴一听便尖叫起来："别别别！小岚，别让他上来！"

"讨厌鬼！"小岚嘟囔着。如果再不理他，没准这家伙真会上车来胡搅蛮缠呢！

"好了好了，我们等会儿就过去！"小岚没好气地应了一声。

胡亥喜滋滋地说："好，快点啊！我已经给你们留了早膳。"

小岚和晓晴来到胡亥马车时，见胡亥和晓星一副剑拔弩张的样子。胡亥用袖子盖着桌上什么东西，而晓星则张牙舞爪，一副准备扑食的样子。

见到小岚她们，胡亥就气哼哼地投诉："你们这兄弟可真能吃！刚才都装了一大堆东西进肚子了，还想吃！我给你们留了只烧鸡，他却老是打那两条鸡腿的主意！"

也难怪，自从穿越到秦朝，就没有多少肉进肚子，在

扶苏那里，除了吃了一顿羊肉，就都是素菜。这对无肉不欢的晓星来说，简直是个大灾难。

"女孩吃太多肉不好，会发胖的，胖了不好看。我是帮她们呢！"晓星好像还挺懂事的呢！

晓晴一屁股坐在桌子前，一手扯下来一只鸡腿："在这个鬼地方，还需要减肥吗？"

见晓晴不买账，晓星又望向小岚："小岚姐姐，你……"

小岚伸手扯下了另一只鸡腿，大口吃着："我从来不减肥！"

晓星可怜巴巴地看着小岚和晓晴吃鸡腿，口水都快流出来了。小岚心里好笑，把盘子里的鸡往晓星面前一推："好了，剩下的给你！"

晓星大喜："谢了！"

这边胡亥早已把飞行棋棋盘铺好，又迫不及待地嚷嚷着："喂，你们吃好没有，快来玩呀！"

好不容易等到小岚他们吃完早饭，却听到车外有人叫道："公子，公子！"

胡亥不耐烦地说："什么事？"

那人说："公子，我是赵高。陛下命我过来请小岚姑

娘。"

胡亥一听,很不高兴:"什么?父皇找小岚干什么?"

赵高说:"奴才不知道。"

胡亥不想放小岚走,但又不敢违抗父亲,只好怏怏地说:"小岚,你去吧!快点回来啊!"

小岚跳下车,赵高脸上露出一副谄媚的笑容,讨好地对小岚说:"小岚姑娘,请跟我来!"

小岚不卑不亢地点点头,跟在赵高后面。

赵高身形略胖,走起路来背有点儿驼,想是平日习惯了在秦始皇面前点头哈腰之故。小岚看着前面这个人,心里无比厌恶。就是这个人,为了一己私欲,害死扶苏和蒙恬,造成了中国历史上最大的冤案。又是这个人,在秦始皇死后把持朝政,指鹿为马、排除异己、残害忠臣……

小岚很有一股冲动,想一脚把这个历史罪人踢倒在地,再用脚把他踩踩踩踩踩,踩上一千次、一万次。

正想着,已来到秦始皇车前,赵高伸手想扶小岚上车,小岚本能地一闪,躲开了他的手,自己轻轻一纵身,跳上了车。她不想赵高的手脏了自己。

赵高神情变得阴森,但很快地又换上了媚笑,他随着

小岚上了车。

秦始皇坐的车厢被布帘隔成前后两半,前面站了两名小太监,见小岚和赵高上来,忙弯腰行礼:"赵大人!小岚姑娘!"

赵高昂着头用鼻子哼了一下,然后又马上弯下腰,换了另一种神态和语气,说:"陛下,小岚姑娘来了!"

秦始皇应了一声:"好,让她进来。你和其他人都下去吧!"

赵高用手掀起布帘,对小岚说:"小岚姑娘,请!"

秦始皇正用手撑着头,在书案前闭目养神,见到小岚,坐正身子,笑着招呼她坐下。

"谢皇帝伯伯!"小岚也不客气,坐到秦始皇对面。她一点儿不知道,自己是天下唯一一个跟秦始皇平起平坐的人呢!连他的儿女,在他面前都只能站着说话。

秦始皇对赵高说:"拿壶酒来。"

小岚说:"皇帝伯伯,别喝那么多酒,会伤身子的。"

秦始皇说:"这是赵高自己酿的,酒劲不大,说是能养生,朕喝了三四年了。"

秦始皇看了看外间,见赵高和几个太监都下车了,

就很郑重地对小岚说:"小岚,朕昨晚想了一晚,觉得你说得很对。秦朝刚统一,人心未稳,而施行暴政会大伤民心,令民乱四起。但错已铸成,朕应该怎样弥补呢?朕想听听你的看法。"

小岚毫不犹豫地说:"效法古人,检讨自己过失,下罪己诏。"

秦始皇大吃一惊:"下罪己诏?"

小岚说:"有何不可!历史上的夏朝君主大禹,眼见有人犯罪,深感内疚,认为自己没有当好这个帝王,于是自省自责,主动承担失察和保护的责任;商朝第一位君主商汤,也公告天下,检讨了他自己的过错;陛下先祖秦穆公,在劳师动众远征惨败、付出数万将士的性命后,也写了罪己诏,提及'国家有危险,是因为我一人之过;国家安宁,也是因为我的原因'。"

秦始皇低头没作声,他无法想象,以一国之君去"罪己",承认自己的错误,是一件多么可怕的事。一个犯错的君王,臣民还会信任他吗,还会拥护他吗?

小岚看穿了秦始皇的内心,她说:"事实证明,发过罪己诏的君王,臣民会对他更加爱戴,更加拥护。因为他们相信,一个敢于自我批评的君王,勇于改正错误的君

王,能更好地管治国家,更好地带领国家走上富国强民的道路。"

秦始皇心中疑虑解决了,他好像放下了什么,开心地说:"好,小岚,朕听你的,回到咸阳后,朕就下一道罪己诏,检讨自己做错的事。希望这样做能弥补自己的过失。"

"谢谢陛下!"小岚又补充了一句,"皇帝伯伯,其实,您儿子已经在替您弥补了。"

秦始皇有点儿迷惘:"你说什么?谁替朕弥补了?"

"是扶苏大哥。"小岚把扶苏怎样节衣缩食,怎样卖掉所有值钱的东西,去接济承恩村那些儒生和家属的事,告诉了秦始皇。

"啊,扶苏我儿,父皇实在对不起你!"秦始皇满眼是泪,他长叹一声,说,"这两年,我为了弥补扶苏,派人给他在上郡建了公子府,虽然简陋,总比住军营好,还特别多发一点俸禄给他,希望他日子过得好些。没想到他竟拿去接济别人!那些俸禄接济整座村村民,他自己还能剩下多少呢!"

小岚说:"是啊,他几乎把所有的钱都拿去接济承恩村的村民,自己长期过着俭朴的生活。扶苏大哥真是个好人！"

秦始皇说："我会好好给他补偿的。"

这时候，赵高在外面叫道："陛下，陆大夫送药来了。"

秦始皇说："让他上来吧！"

一会儿，一个年纪五十上下的男人揭开布帘，他把手里端着的一碗中药轻轻放在书案上，说："陛下请服药。"说完，静静地站在一旁。

一阵浓烈的中药味马上充斥了车厢。

秦始皇拿起碗，仰头"咕咕咕"一口气把药喝完了。

小岚关心地问："皇帝伯伯，您哪里不舒服？"

秦始皇说："哦，有一段日子了，也没有什么大病，只是身子一日比一日疲倦，吃了很多药都没好。"

小岚问站在一旁的陆大夫："请问大夫，陛下得的是什么病？"

陆大夫微微躬了躬身子，有点儿惶恐地说："陛下早前偶染风寒，本来不是什么大病，只需药物调理很快就可以康复。但可能小人学艺不精，给陛下以中药调理一段日子了，陛下身体仍不见好。小人实在该死。"

秦始皇挥了挥袖子，说："废话少说。你是宫中最有

本事的大夫,之前也医好了朕许多毛病。这次的病久未痊愈,是朕本身的问题,不关你的事。"

陆大夫说:"谢陛下不怪罪小人,但小人心里不好受。"

秦始皇摆摆手,说:"没事,你下去吧!"

陆大夫退下了。

秦始皇又继续刚才的话题:"小岚,与你一席话让朕心里亮堂许多。全天下就只有你敢跟朕讲真话,你的许多看法,许多谋略,真比朝中大臣的还要令朕折服,令朕茅塞顿开。看来,你真是朕的小福星呢!"

小岚听了,想起之前万卡说她是小福星的事,不禁笑了起来:"嘻嘻,说这话的不止皇帝伯伯一个呢!"

"是吗?那就更证明朕说对了。看来,你真是上天赐给朕的福星,以后,你就留在朕身边,帮朕出谋划策,还有,时时提醒朕不要犯错。"

第13章
胡亥落水命危

这天,车队来到了平京行宫。因为秦始皇身体不舒服,所以决定在行宫住几天,之后再起行回咸阳。

行宫是古代专供帝王出行时居住的官署或住宅,虽然远远不及皇宫豪华舒适,但比起在马车上的颠簸,已是天差地别了。

晓星跑进分给他住的房间,倒在宽敞的床上连声叫嚷:"舒服,好舒服!"

突然见到屋里站着一个太监,他慌忙站了起来,问道:"你是谁?在这里干吗?"

太监恭恭敬敬地说:"星公子,奴才是来侍候你的。

公子有什么要奴才做的,只管吩咐。"

晓星想了想,说:"本公子现在要出去。你去厨房看看有什么好吃的,拿回来放着,我回来时吃。"

"是!"太监应了一声,转身走了出去。

晓星跑到隔壁晓晴房间参观,之后又拉着晓晴咋咋呼呼地跑去小岚房里。

"哇,小岚姐姐的房间比我们的都大,我也要这么大的房间!"

"小心眼!你以为我们要在这里长住吗?"小岚瞪了晓星一眼。

晓星朝小岚眨了眨眼睛,说:"小岚姐姐,我们现在已经完成了计划的第一步,成功打入……"

"嘘,小声点儿。"小岚把食指搁在嘴边。

晓星一看,咦,有几个小宫女在里屋收拾床铺呢!他伸了伸舌头,又小声地说:"我们已经成功打入皇帝伯伯的队伍了,下一步怎么办?"

小岚说:"按历史记载,皇帝伯伯的病会越来越重,很快就会不治,接着赵高就假传圣旨,害死扶苏大哥和蒙将军。所以,我们现在应该想办法治好皇帝伯伯的病,或者起码令他的病不再严重下去,只要他能活着回到咸阳,

那赵高的诡计就难以实行了。"

晓晴说:"我们又不是医生,怎样能帮皇帝伯伯呢?"

晓星说:"嘿,早知道我们和万卡哥哥一起穿越来这里就好了,万卡哥哥一定能把皇帝伯伯的病治好。"

小岚说:"我听那位陆大夫说,皇帝伯伯之前只是一般的感染风寒,但不知为什么总是不见好,而且还有严重的趋势。"

晓晴说:"我想一定是这个大夫医术不够高明。"

小岚说:"应该不是。伤风感冒不是什么疑难杂症,一般医生都能治,何况陆大夫是宫中有名的大夫呢!"

晓星转了转眼珠,说:"我知道了!那个大夫肯定是坏人,他故意不把皇帝伯伯治好!"

小岚摇摇头:"陆大夫不像是这种人,他看上去很老实的。"

晓晴说:"那不用问了,一定是像很多宫廷内斗剧里面的情节那样,药里被人放进了慢性毒药。"

晓星腾地站了起来,说:"我明白了,是赵高那家伙,一定是他在皇帝伯伯的药里做了手脚!"

小岚点点头:"嗯,我得找个时间向陆大夫了解一下

情况。"

这时有个小宫女在门外小声说:"岚姑娘,陛下派人送东西来了。"

小岚说:"进来!"

三名太监走了进来,他们手里都捧着一叠衣服,领头一名眼睛大大的小太监说:"岚姑娘,陛下命我们送来新衣六套,岚姑娘、晴姑娘、星公子每人两套。另外还有两套化妆品和首饰,是分别给两位姑娘的。"

晓晴和晓星一听,忙不迭地接过属于自己的衣服。自来到秦朝之后,他们一开始就穿得破破烂烂的像乞丐,后来到了上郡军营,有扶苏大哥照顾,总算穿得好点儿了,但因为是别人的衣服,总是有点儿不合身。

晓星把外衣脱下,试穿起新衣服来了。晓晴拿起新衣服,见做工精细,料子又好,在身上比比,十分合身呢!首饰是些头花和耳环,都很漂亮。她又拿起那些化妆品细看,古代化妆品虽然没有现代的多样,但起码最需要的胭脂呀、口红呀、眉笔呀都有了,这叫一向爱漂亮的晓晴开心死了。

晓星穿起新衣服,大小刚好,他高兴得朝大眼小太监说:"太好了,哥哥,谢谢你哦!"

胡亥落水命危

"有劳公公。"小岚收下衣服,又回头吩咐宫女,"秋月,给公公倒茶。"

"谢谢岚姑娘!"小太监说着,眼里竟冒出泪花。

他接过宫女递给他的茶,一饮而尽,然后对小岚说:"奴才赶着回去复命,谢谢岚姑娘的茶。"

小岚微笑着说:"不用谢,慢走。"

晓星又朝小太监喊了一声:"哥哥,有时间来找我们玩!"

"谢谢!"大眼睛小太监眼含泪水,低着头匆匆退出去了。他怎么了?原来,这些太监一向地位低微,被人瞧不起,那些王孙公子更是动不动就又打又骂,不把他们当人看。见陛下的几位小客人对他如此客气,他心中感动,不禁落下泪来,又恐失礼,便急忙离开了。

穿上新衣服,大家都很开心,晓星提议道:"离吃晚饭还有一段时间,我们出去玩玩怎么样?咦,对了,我看见外面有一个湖,我们去划船好不好?"

晓晴首先赞同:"好啊好啊,好久没划船了。"

小岚素来喜欢运动,便也表示赞成。她喊了一声:"秋月!"

宫女秋月马上走过来,弯腰行礼:"请问岚姑娘有什

么吩咐?"

小岚说:"你马上去找赵大人,要他帮忙准备一条船,我们要去湖里划船。"

秋月说:"是,奴婢马上去办。"

秋月去得有点儿久,晓星等得很不耐烦,一直嘟囔着:"怎么还不回来?"幸亏之前遣去拿食物的小太监送来了吃的,才把他的嘴堵住了。

半个时辰之后,秋月才回来,她说:"赵大人已经找人准备了一条小船,系在湖边,岚姑娘可以去划了。"

三个小伙伴兴冲冲出了行宫,朝湖边走去。晓星说:"怎么不见了那公子哥?"

小岚说:"皇帝伯伯要去附近一间庙宇拜神,要他陪着去。"

说话间已到了湖边,只见湖边果然系了一条小船。一个小太监站在湖边,把小岚他们一一扶上船。三个小伙伴正准备解开船缆,突然听到一阵呼叫:"等一等!"

原来是胡亥气喘吁吁跑来了,跑到湖边,他埋怨说:"你们真不够朋友,去划船也不叫上我!"

晓星说:"你不是要去寺庙拜神吗?"

"本来是的。"胡亥得意地说,"不过,父皇和一帮

臣子跪在老和尚后面听念经文时,我就偷偷溜出来了。他们全都闭着眼睛,没看见我。"

胡亥说着,便在小太监搀扶下上了船。

"开船了!"晓星大喊一声。

"一、二、三!一、二、三……"小岚和晓晴、晓星一起喊着号子,划得很好,胡亥却手忙脚乱的。

原来他不会划船呢!看他笨手笨脚地把船桨插进水里,谁知插得太深,一下握不住木柄,船桨掉进水里去了,而小船也被他弄得转了方向。

小岚他们哈哈大笑起来,晓星说:"喂,公子哥,你干脆乖乖地坐着不动好了,你现在是阻着地球转呢!"

胡亥只好怏怏地坐着。

小岚他们继续划着,小船渐渐划向了湖心。突然,晓晴叫了一声:"啊,怎么这么多水?"

大家一看,都吓了一跳,原来不知什么时候,船的底部渗了很多水进来。

仔细观察,发现船底漂着一块小木片,而船底有个长方形的洞,跟小木片形状一样。这块小木片刚才一定是用来堵着船底的,现在受到水的压力,掉了出来。

小岚一愣,是谁这么粗心大意,把一条破船给他们

划!

是粗心大意吗?

不容小岚多想,水越进越多了,小船也开始往下沉。

小岚说:"不好,我们赶快往回划,船要沉了!"

"天哪!谁那么坏,给我们一条破船!"晓晴尖叫着,一边用桨使劲划。

晓星哇哇大叫:"船要沉了,要沉船了,快划呀!"

胡亥却脸色苍白,害怕地说:"别……别……我不会……"

话没说完,船一侧,翻了,船上所有人全掉进了水里。

第 14 章
大秦公主

岸上的小太监远远见到,吓得大喊起来:"救人哪,救人哪!"

小岚水性好,很快冒出了水面,她紧张地搜索着朋友们的身影,见到随着哗哗的水声,晓晴、晓星也挣扎着浮上了水面。可是,却不见了胡亥。

"公子哥!公子哥!"三个人大喊。

小岚说:"晓晴、晓星,这湖水挺深的,你们水性不怎么好,赶紧游回岸上去吧!我潜下水去找公子哥!"

晓晴、晓星担心小岚,不肯先走。

"你们留下来没用的,反而令我分心。"小岚以不容反抗的声音喊道,"快走,快上岸去找人帮忙。"

"那你小心点儿。"晓晴、晓星只好向岸上游去。

小岚自小会游泳,后来到了乌莎努尔,万卡又教了她不少泳式,所以技巧大为提升。她深深地吸了一口气,然后屏住气息,往水中一插,潜到水下了。

她努力睁大眼睛搜索着胡亥的身影,但是没有任何发现。她心里有点儿着急了,刚才小船侧翻之前,她听到胡亥说了一句"我不会……"想来应是想说不会游泳。

小岚憋不住了,她浮上水面,深深吸了一口气,又再潜到水下,紧张地搜索着。啊,看见了,她看见胡亥了,在离自己不远的地方,有个软软的身体,在一点一点地下沉着。

她拼尽全力游了过去,一把拉住胡亥的手,又马上用双脚踩着水,一下一下地往水面升去。

眼前一亮,出了水面了。她用一只手托着胡亥,一只手划水,向岸边游去。

这时,她听到一片叫喊声:

"公子!公子!"

"小岚,小岚姐姐……"

小岚望向岸上,见岸上站了许多人,有太监,有卫

兵,有大臣,又见到多名卫兵已跳下水,往她这边游来。

"亥儿!亥儿啊!"一声惊叫盖过了所有人的声音,小岚听出,那是秦始皇的声音,声音很凄厉,带着哭腔。

这时,小岚已经快挺不住了,托着胡亥的手已开始发软,幸亏这时几名卫兵游了过来,接过了胡亥。一名卫兵又托着她,支持着让她自己游到岸边。

当胡亥被卫兵轻轻放在地上时,秦始皇一点儿不顾仪态地扑了过去,跪倒在儿子身边,大叫:"亥儿!亥儿!"但胡亥双目紧闭,全无声息。

"陆大夫!陆大夫!"秦始皇吼着。

"陆大夫去镇上给您配药了,只有陈大夫在。"一旁的赵高回答着,他又扭头喊了一声,"陈大夫,陈大夫在哪?快过来!"

一名大夫慌慌张张跑了过去,秦始皇连忙让开,脸色苍白地在一边看着。

大夫拿起胡亥软软的手,在脉门处摸了一会儿,又把头搁在胡亥胸口,听了听,他抬起头,脸色刷白,看着秦始皇不发一语。

秦始皇见他不说话,急了,吼道:"亥儿怎么了,再不说我砍你脑袋！"

"陛下……饶命！"大夫一下子跌坐地上，浑身发抖，"陛……陛……陛下，公子……公子他……他已没了脉动……没了……心跳……"

"啊，你胡说！亥儿不会死的！你竟然诅咒亥儿死，我要砍了你的脑袋！"秦始皇凶狠地瞪着陈大夫，又喊道，"大夫，还有大夫吗？陆大夫回来了没有？"

小岚一上岸便被晓晴、晓星扶着坐到草地上，刚才为救胡亥损耗的体力还没恢复，她仍浑身无力。

听到大夫的话，她心里一愣，啊，胡亥死了！她本能地站起来想过去看看，被晓晴一下拉住了，晓晴在她耳边小声说："你别管了，可能是天意呢！胡亥死了，就没有人跟扶苏大哥争皇位了，赵高也没办法假传圣旨害扶苏大哥了。"

晓晴的确说得有道理呢！小岚不由自主又坐回草地上。

"啊！亥儿，亥儿，你不能死，不能死，不能死啊！"秦始皇见没人应声，无助地扑到胡亥身上，大声号哭着。一代帝王的天威消失殆尽，此刻，他只是一个失去

爱儿的可怜父亲。

瞬间,在场五六十人,包括大臣、大夫、卫兵、太监、宫女,一起跪了下去,全都大声呼号:"公子啊,你不能死,不能死啊……"

秦始皇的哭声、人们的呼号一下下锥着小岚的心,她看着躺在地上一动不动、生命正在一点点离去的胡亥,心里万分矛盾。见死不救,这实在过不了自己良心那一关。

秦始皇继续哭喊着:"亥儿啊,是谁害死了你?我要杀死他们,给你报仇,我要把所有害你的人全部杀光……"

小岚突然出了一身冷汗,心想,要是胡亥就这样死去,那不知有多少人会因为"谋杀"或"救助不力"的罪名而被砍头!想到这里,她再也坐不住了,推开晓晴的手,冲到胡亥面前:"皇帝伯伯,你们都让开,我来试一试。"

秦始皇收住哭声,惊讶地看着小岚:"你、你懂医术?"

小岚说:"略懂吧!不管怎样,我也要试一试!"

她看见路旁正停着秦始皇的马车,便命令一旁几个卫

兵："快，把公子抬到车上。"

几名卫兵应了一声，迅速把胡亥抬上车，平放在床上。

小岚说："所有人都下车，我要给公子运功。"

小岚把所有人赶下马车，连秦始皇都不让留下。因为她要给胡亥进行心外压和人工呼吸，而这做法是绝对不能让这年代的人看到的。

小岚在车里不断地努力着，做一会儿心外压，又做一会儿人工呼吸，就这样进行了几分钟。

小岚累极了，她再也无法坚持，就在她要放弃的时候，突然见到胡亥动了，紧接着，他"哇"一声吐了很多水出来。

小岚高兴极了，她揭开车帘，朝外面喊着："醒了，公子醒了！"

外面一片欢腾，秦始皇急急地登上车，扑到胡亥床前。见胡亥睁着眼睛看他，秦始皇竟"哇"一声哭了出来，他拉住胡亥的手，叫道："亥儿，朕的心肝宝贝，你活过来了，你活过来了！"

胡亥虚弱地喊了声"父皇"，又问："我刚才掉进水

里,是谁把我救上来的?我刚才好像做了个梦,梦见自己死了,没法呼吸,又是谁把我救活的?"

秦始皇拉住小岚的手,对胡亥说:"是小岚,是小岚救你的!"

胡亥小声说:"漂亮妹妹,谢谢你!"

秦始皇感动地看着小岚,说:"小岚,你之前救了朕一命,现在又救了亥儿一命,叫朕怎样感谢你好呢?"

小岚笑道:"皇帝伯伯,小岚只是做了该做的事,不用谢我。"

秦始皇感动地看着小岚,说:"没想到在朕的国家里竟然有你这么好的女子。勇敢、善良、聪明、能干,能替朕消灾解难,还会运功救朕儿子,而且,还绝顶美丽……天哪,朕拥有天下,拥有江山,怎么就没拥有像你这么完美的女儿呢!难道你是上天派下来帮朕的吗?!"

小岚看着秦始皇激动的神情,笑着说:"皇帝伯伯,您太过夸奖我了。"

"不,一点儿不过!"秦始皇认真地说,"朕得给你一个官做。可是,本朝没有女官这先例,怎么办?这样好了,没法封你做官,就给你尊贵的地位,朕封你为公主。"

小岚吓了一跳,心想:"啊,又封我当公主!"

是啊,算起来,小岚已经是五个国家的公主了,数数看—乌莎努尔公国公主、胡鲁国公主、乌隆国公主、胡陶国公主,还有大明王朝的公主。

躺在床上的胡亥听到这里,竟一骨碌爬起床,拍手道:"父皇英明,应该封小岚为公主!太应该了!"

秦始皇也是个性急之人,他马上朝外面大喊一声:"赵高,进来!"

外面赵高马上应道:"是,陛下!"

赵高上车,掀起布帘,躬着腰问道:"陛下,有什么吩咐?"

秦始皇说:"你马上给朕拟旨,意思大概是,天赐福星马小岚,在多次危急关头救朕和公子,功不可没,朕秉承天意,封小岚为大秦公主,封号宁国……"

赵高一听吓了一跳,竟愣愣地没有反应。

秦始皇有点儿不高兴,说:"你怎么了!"

赵高这才清醒过来,马上说:"哦,是,是!奴才马上去拟旨。"

秦始皇说:"朕先送亥儿和小岚他们回去换下湿衣

裳，之后会回议政殿。你拟好旨后，就送到那里去。"

赵高说："是，陛下！"

秦始皇叫晓晴、晓星也上了车，把几个孩子送回住处，让他们换下湿淋淋的衣服，之后又把他们接到议政殿。

大家坐下不久，赵高就捧着一份写好的诏书进来，弯腰递给了秦始皇。秦始皇接过看了一遍，说："好！赵高，你马上叫所有大臣前来听旨。"

不一会儿，丞相李斯带着所有大臣来到了议政殿。一见秦始皇，他们便全都俯伏在地，三呼万岁。

秦始皇朝赵高使了个眼色，赵高大声说："陛下有旨！马小岚听封！"

小岚起身，走到秦始皇面前跪下。

赵高展开竹简，大声念道："奉天承运，皇帝诏曰：今有上天派遣福星马小岚，于危难之中救朕及公子胡亥一命，功不可没，朕秉承天意，赐封马小岚为大秦公主，封号宁国。钦此。"

小岚接过圣旨，说："谢陛下圣恩。"

众大臣跪拜，齐声道贺："恭喜宁国公主，贺喜宁国公主！"

小岚大方地微笑着:"众卿家免礼!"

晓晴和晓星站在下面,惊讶地看着大方接受大臣朝拜的小岚。晓晴很羡慕:"小岚可真厉害,连穿越时空也能捞个公主当当。自己怎么就没这个福气呢!"

晓星显得欢喜雀跃:"这下好了,小岚姐姐当了大秦公主,我以后一定会有很多好东西吃!"

第15章
小太监说出的惊人真相

当晚,为了庆贺胡亥死里逃生以及小岚被封宁国公主,秦始皇尽管身体不舒服,还是大摆筵席。小岚被安排坐在皇帝的右手边,跟胡亥面对面,那可一向是皇帝的儿女坐的位置啊!

小岚获如此荣宠,所以一些好巴结的大臣便不惜卑躬屈膝,纷纷向这位可以当自己儿辈孙辈的小女孩敬酒巴结,令小岚好生厌烦。

晚宴进行了一半,小岚就借口宴会厅空气有点儿闷,跟秦始皇说出去吹吹风,逃也似的跑到了花园里。

月儿弯弯,天高云淡,凉风送爽,小岚尽情地吸了几

口清新空气,心里舒服多了。

忽然听到不远处有脚步声,有人往这边走来,小岚仔细一看,马上惊喜地喊了起来:"陆大夫,你回来了!"

陆大夫到邻近市镇给秦始皇购买一应药材,一去几天,小岚找了他几回都未能见到面。

陆大夫见是小岚,忙说:"小岚姑娘,我傍晚才回来,刚刚整理好买回来的药材,正要回房歇息呢!"

小岚说:"大夫请留步,小岚有事想请教大夫。"

陆大夫:"小岚姑娘,哦,该叫宁国公主了。宁国公主不用客气,有什么尽管问。"

小岚说:"大夫回来后有给陛下把脉吗?陛下有没有好转?"

"我一回来就去给陛下看诊了。"陆大夫叹了一口气,说,"很遗憾,陛下这几天不但没好转,而且还差了一些!"

小岚说:"闻得大夫医术高明,一向药到病除,现在却无法医好陛下。陆大夫,你有没想过,是什么原因?"

陆大夫神情困惑:"我把药方琢磨了很多遍,方子没有问题,真不知道陛下为什么一直没好转。"

小岚说:"会不会是熬药的环节出了问题?"

陆大夫摇头说:"不会。药是由我亲自配制,又由我监督两个徒弟熬煮,而且每次药熬好后,我都会尝一点儿,又闻闻气味,如果有什么异样我肯定会发现。"

小岚想了想,说:"那就是说,即使有人想通过药物来害陛下,也无从下手。"

陆大夫说:"对。"

小岚见问不到什么,便说:"陆大夫,你也累了,回去歇息吧!"

陆大夫行了个礼:"谢公主,在下告退!"

陆大夫走后,小岚仍坐在花园里沉思,如果没办法令秦始皇身体好转,那就只能在秦始皇去世时,想办法阻止赵高假传圣旨的阴谋了。

正在这时,小岚见有身影向这边移动,又听到有个男孩子的声音:"小岚姐姐去了哪里呢?也不说一声,让我们好找!"

又有个女声说:"八成在花园里,她喜欢清静。"

小岚听出是晓晴姐弟,忙大声说:"哎,我在这里!"

晓晴和晓星很快跑了过来。晓星埋怨说:"小岚姐姐,你怎么一个人跑了出来,也不叫上我们。"

小岚说:"我看你吃得那么起劲呀,那么有滋有味呀,才不敢坏了你的好事呢!"

晓晴说:"是呀是呀,他啃完的那堆鸡骨头,足有一尺高。"

晓星说:"哪有一尺高!"

小岚瞟了他一眼:"怪不得你肚子圆鼓鼓的,快赶上你的好朋友笨笨了。"

晓星低头看着自己肚子,嘟着嘴说:"小岚姐姐,你好夸张啊!我哪像笨笨,笨笨的肚子可大呢,快拖到地上了!"

晓晴听了,笑得按着肚子。

晓星委屈地说:"笑什么,笑死你!"

小岚从石头上跳了下来,说:"别闹了,我们办正经事去。"

晓星说:"办什么正经事?"

小岚说:"破案呀!"

晓星一听便高兴地说:"破案?好啊,我很久没跟小岚姐姐一块儿破案了。小岚姐姐,破什么案?"

小岚说:"你们不觉得今天下午那件事有问题吗?那小船为什么破了个小洞,既然破了,又为什么只用一小块

木片堵住,还有,为什么我们偏偏就坐了这条船……"

晓晴一听便说:"是呀是呀,我也在怀疑。"

晓星气鼓鼓地说:"是哪个坏蛋要害我们?"

小岚说:"我们现在去湖边,再仔细检查一下那条小船,看看能不能找到更多线索。"

晓星说:"好,马上去,找出要害我们的人,让皇帝伯伯好好惩罚他!"

三个小伙伴打着小灯笼,走到了白天划船的湖边。静悄悄的,一个人也没有,正是查找线索的好时机。

可是,船呢?只见湖边空荡荡的,那条船不见了。

小岚说:"看来我们来迟了一步,作案者已经把证据毁灭了。"

晓星一顿脚:"哼,便宜了那大坏蛋!"

正在这时,见到湖边有个黑影一闪。

"谁?"小岚喝了一声。

那黑影跑进了湖边的小树林。

小岚说:"有蹊跷,快跟上!"

三个小伙伴急忙追了上去。

这时黑影停了下来,一回身,原来是个小太监。

小岚说:"你是谁?干吗见了我们就跑?"

小太监朝小岚行了个礼,说:"宁国公主,您不认得奴才了?"

这时,晓星把手里的灯笼提高了点儿,只见小太监睁着大大的眼睛看着他们。

"是你!"三人异口同声地说。

晓星说:"噢,你是白天给我们送衣服的那个哥哥,你为什么这样鬼鬼祟祟的?"

小岚说:"你是……是故意把我们引到这里来的?"

小太监说:"公主真聪明。外面说话不方便,所以我故意带你们到这林子里。公主,你们要小心赵大人,他想害你们呢!"

小岚心里"咯噔"跳了一下,问:"你是说,下午翻船的事是他做的?"

小太监点了点头:"是的。今天下午,我正在这小树林里给陆大夫捡木棉花做药,忽然听到有人说话。我无意中看了一眼,见到赵大人带着一个卫兵在一条小船上忙些什么,见那卫兵拿着一把刀子,在船里又是砸又是挖的。过了一会儿,又听到卫兵问赵大人窟窿够不够大。我当时没怎么留意,还以为赵大人带着人在修船。后来,你们坐的船翻了,公子胡亥还差点儿丧了命,我把之前看到的联

系起来,才明白赵大人带着卫兵不是修船而是砸船。"

晓星气得一顿脚:"原来是那个指鹿为马的坏家伙要害我们!"

晓晴咬牙切齿地说:"这家伙真坏,害我扶苏大哥不算,还想害我们。"

晓星说:"哥哥,那你怎么不站出来指证赵高,让皇帝伯伯把他抓起来?"

小太监说:"唉,我口说无凭,谁会信我呢?你们不知道赵大人势力有多大,如果我把事情说出来,恐怕现在已经被他杀了。"

小岚说:"小公公说得对,赵高一定会反咬他诬陷的,那时不但不能把赵高治罪,小公公反而先送了命。"

小太监说:"谢谢公主体谅。其实我心里一直很不安,恨自己没勇气揭发赵大人。但我想一定要把事情真相告诉你们,让你们提防赵大人。"

小岚说:"小公公,谢谢你。其实你敢把事情告诉我们,已经很勇敢了。我们会提高警惕,保护好自己的。你自己也要小心,别让赵高知道你发现了他的罪行。"

小太监说:"谢谢公主,我明白的。哎,告诉你们一件可怕的事,下午替赵大人砸船的那名卫兵,刚刚听说失

踪了。我想他一定凶多吉少,一定是被赵大人杀人灭口了。"

晓晴吓坏了:"天哪,太可怕了!"

小太监看了看周围,说:"我要回去了,如果让赵大人的人看见我跟你们在一起,会怀疑我的。"

小岚说:"哎,一直忘了问,你叫什么名字?"

小太监说:"我叫小五。"

小岚说:"小五,谢谢你。你快回去吧!路上小心。"

小太监朝小岚行了个礼,转身急急地走了。

晓星说:"小岚姐姐,怎么办?坏蛋赵高一定察觉我们是来帮扶苏大哥的,所以要害死我们。"

晓晴说:"小岚,我害怕!"

小岚说:"事情还没有那么糟。我想赵高也不会明目张胆害我们的,只要提高警惕,让他没法下手就行了。"

晓星一挺胸脯,说:"小岚姐姐,放心吧,有我呢,我是男子汉,我保护你们!"

晓晴用轻蔑的眼神看了晓星一眼,说:"就凭你?"

晓星拍拍胸口,说:"是啊,不行吗?"

小岚说:"行行行,晓星有这种精神,值得表扬哦!

以后,晓晴的安全就交给你了。"

晓星一开始很高兴,但听到后来,又有点儿委屈:"怎么,小岚姐姐,你怎么不让我保护?"

小岚又好气又好笑,哄他说:"我怕你保护两个人会太累呢!好吧,就辛苦你,连我也保护吧!"

晓星高兴得昂首挺胸:"好,保证完成任务!"

第16章
钦差大臣

小岚一早去皇帝休息的清平宫给秦始皇请安时，见到秦始皇靠在床上，拿着一樽酒在慢慢喝着。见了小岚，他脸露微笑，说："小岚，你来了。"

小岚说："陛下，您又喝酒了。"

秦始皇咳了两声，说："习惯了，每天早上都要喝一点儿，不喝那天就浑身没劲，喝了好像人也会精神点儿。"

小岚听了，突然心中一动，之前怎么没想到呢！会不会是秦始皇喝的酒有问题？这酒是赵高酿的，而秦始皇又每天必喝，如果对身体有害的话，那陆大夫就是医术再高也难治好。

这时,秦始皇喝完樽中的酒,指指桌上的酒壶,叫小岚给他添点儿。小岚答应了一声,接过秦始皇手中的樽,放在桌上,又拿起酒壶往樽里倒酒。倒了一半时,她故意手一抖,酒洒落在桌上,她急忙拿出手绢,把酒抹去了,然后偷偷把手绢揣在袖子里。

这时,有太监进来通报:"陛下,公子来给您请安。"

秦始皇说:"叫他进来。"

胡亥手里拿着一包东西,三步并作两步走进来,他显然没看见小岚,径直走到秦始皇身边去了。他一下坐到秦始皇旁边,扬着手里的纸包,说:"父皇,昨晚听到您咳了几声,我问过大夫,说用糖水来炖梨子,连水带梨子吃了,可以治咳嗽。所以儿子特地吩咐人买了些新鲜的梨子给您。"

他一边说,一边从纸包里拿出一个梨子,给秦始皇看:"父皇,您看,好大好新鲜呢!"

秦始皇开心地接过梨子,说:"噢,亥儿真有孝心,知道疼朕。"

胡亥说:"您是我父亲嘛,不疼您疼谁。"

小岚看了有点儿感动,这胡亥的孝心真不像是装出来的。人们常说,懂得孝顺父母的都不会坏到哪里,可想而知胡亥这时并不是坏人。

小岚借口让秦始皇休息,告辞了。她急急忙忙跑到医馆找到陆大夫,说有事想请教,把他拉到外面花园里。小岚怕酒挥发了,迫不及待把手绢拿出来,说:"大夫,你闻闻这上面沾着的酒,有没有什么问题?"

陆大夫接过手绢,闻了闻,突然紧张地看着小岚:"公主,您这酒是从哪来的?"

小岚见他神色不对,忙问:"这酒有问题?"

陆大夫说:"是!这酒含有一种来自西域的俗称'黑精灵'的植物。黑精灵这东西,平常吃一点儿没什么问题,但是如果长期食用,就会中毒。如果进食的时间短,还可以用药物解毒,但如果时间长了,那就很难治愈了。"

小岚一听,忙问:"怎样算长?怎样算短?"

陆大夫说:"一年为短,两年为长。"

小岚急问:"如果三年呢?"

陆大夫摇摇头,说:"无药可治。"

"啊!"小岚脸色一变。秦始皇说过,他喝赵高酿的

酒,已经三四年了。

陆大夫见小岚脸色不对,忙问:"请问公主,有谁喝了含有黑精灵的酒?"

小岚暂时不想把事情张扬开去,忙掩饰说:"啊,没有没有。有个开酒坊的朋友拿来问我的,他们酿酒时出了点儿差错。"

陆大夫说:"赶快让您那位朋友把酒全倒了,免得害人。"

小岚点点头:"好,谢谢陆大夫指教。"

陆大夫慌忙说:"不敢不敢,小人告退。"

小岚说:"陆大夫慢走!"

陆大夫转身离去时,小岚突然听到附近小树丛中发出了一点儿声音,心里一阵紧张,别是有人躲在那里?刚才跟陆大夫的对话,要是有人听到就糟了。

小岚正要上前去看个究竟,只见一只小狗从那里面跑了出来。原来是这小家伙!小岚这才放下心来。

好一个笑里藏刀的赵高,竟然连皇帝也敢加害!历史上对秦始皇之死一直未有定论,现在真相大白,原来是赵高在酒里放了慢性毒药,把这千古一帝害死的。看来秦始皇南巡途中去世这一历史已无法改变,但可以借这件事把

赵高除去，以除后患。

对，得马上去告诉皇帝伯伯，揭穿赵高下毒的阴谋。

小岚急急忙忙赶到清平宫，小太监说陛下去了议政殿，跟群臣商量事情。小岚只好在外面的小花园闲逛，等秦始皇回来。

大约过了半个时辰，听到外面有人喊："陛下回宫了！"

走廊上，几十人簇拥着一顶轿子走过来，轿子上坐着的正是秦始皇。他脸色有点儿不好，两眼微闭着，好像有点儿不舒服。

小岚忙走过去，朝秦始皇行了个礼，问道："皇帝伯伯，您不舒服吗？"

秦始皇睁开眼睛，见是小岚，"嗯"了一声，又把眼睛闭上了。

站在轿旁的赵高朝小岚行了个礼，说："公主，陛下龙体欠佳，您请回吧！"

小岚犹豫了一下，也觉得这时不宜打扰秦始皇休息，正要施礼退下，秦始皇睁开眼睛，对小岚说："小岚，跟朕来，朕有事跟你讲。"

小岚答应了一声，跟在队伍后面。

轿子在清平宫门口停下，两名太监扶秦始皇下了轿，小岚急忙上前，搀扶着秦始皇走了进去。小岚说："皇帝伯伯，您脸色不好，还是请陆大夫来给您瞧瞧吧！"

小岚请陆大夫来，用意有二，一是看病，二是跟皇帝禀告赵高下毒阴谋时，可以让陆大夫作证。

秦始皇点了点头，赵高便吩咐一个太监去请陆大夫。

隔了一会儿，太监惊慌地跑了回来，说："陛下，不好了，陆大夫刚刚暴病死了！"

小岚大吃一惊。

秦始皇皱了皱眉头："可惜了，这么好的大夫。"

赵高说："陛下，那奴才让人去找陈大夫来。"

秦始皇摆了摆手，说："算了，朕现在好了一点儿，不用了。"

小岚脑子里翻江倒海——刚刚自己跟陆大夫说话时，他还精神奕奕、神清气爽，怎么瞬间便会暴病死亡？！

小岚想起跟陆大夫分手时，树丛中发出的声音，心想一定是有人藏在那里，听到了她和陆大夫的对话。早就听说赵高手下有很多密探，平日遍布宫中，没想到竟是这样无处不在。天哪，自己怎么这样不小心，连累陆大夫惨遭杀害。

想到这里,小岚忍不住把悲愤的目光投向赵高,没想到赵高也鬼鬼祟祟地用眼睛余光睨着小岚,两人目光碰撞,赵高显然心虚,急忙转过脸去。

这时秦始皇把手一挥,说:"小岚留下,其他人都下去吧!"

"是!"太监、宫女全都退了出去,只有赵高仍站在一旁。

秦始皇看了赵高一眼,说:"你也下去吧!"

赵高愣了愣,说:"是!"然后低头退出去了。

秦始皇指了指床边一张椅子,叫小岚坐下。小岚默默坐下,仍一脸悲愤。没了人证,就没法指证赵高下毒,而且赵高既想得出要杀人灭口,也一定会把有毒的酒全换了。人证物证全无,肯定是告不倒他了。

秦始皇瞧了瞧小岚的脸色,说:"还在为陆大夫难过?"

小岚说:"是。陆大夫是个好人,今天我还向他请教过一些中药知识呢,没想到这么快就去世了。"

秦始皇叹了一声:"人生无常啊!朕的病日渐严重,再加上没了陆大夫帮忙调理,朕怕自己的病是好不了了。"

"不会的,皇帝伯伯,您很快会好的。"小岚说着安慰的话,尽管她知道秦始皇说的是真的。

秦始皇摇摇头,说:"你不用安慰朕,朕最清楚自己的身体。"

小岚没说话,她是个不会说谎的孩子。秦始皇喝了三四年的黑精灵,已经无药可治了。

秦始皇看了小岚一眼,说:"孩子,朕有件事想拜托你。"

小岚慌忙说:"皇帝伯伯言重了,有什么要小岚做的,尽管吩咐。"

秦始皇从枕头下面拿出一卷竹简,交给小岚,又说:"你替朕把这送往上郡,交给扶苏。你现在可以先看一看。"

小岚打开一看,不禁又惊又喜,内容竟然是秦始皇下旨立公子扶苏为太子,让他马上前来见驾。

"伯伯,好,写得好,立得好!"小岚不禁喊了起来。

没想到秦始皇已经有先见之明,考虑到把立太子的诏书先一步送往上郡。如果扶苏大哥赶得及在秦始皇驾崩前来到,那就最好不过,如果赶不及,有了这封诏书,也可

以粉碎赵高的阴谋,令他的那道假圣旨不攻自破。

秦始皇见到小岚的开心样子,心想自己真是挑对人了,小岚这样支持自己的决定,她一定会不辱使命,把圣旨送到扶苏手中的。

"朕命你为钦差大臣,今晚就出发,带着这道圣旨前往上郡,向扶苏宣读。"

小岚说:"皇帝伯伯,您放心好了,我一定不负您的重托,把圣旨送到上郡。"

她又看着秦始皇:"只是……伯伯,我不放心您……"

秦始皇伸手,摸着小岚的头发,显得一脸慈爱:"小岚,放心好了,他们不敢把朕怎样的。"

小岚看着秦始皇:"他们?"

秦始皇说:"朕知道身边有人心怀叵测,他们在朕百年之后,必起异心。"

小岚睁大眼睛,之前还打算怎样婉转地提醒秦始皇提防赵高,原来他早有察觉……

秦始皇说:"自从南巡途中生病,朕就一直想立下遗嘱,派人送给扶苏,只是没有物色到可靠的人。跟你相处一段日子,和你几次长谈,你的聪明睿智,你的勇敢

善良，令朕十分佩服，也知道，朕终于找到可以信任的人了。小岚，朕谢谢你了！"

小岚说："皇帝伯伯不要客气，扶苏大哥大智大勇，他继承大秦皇位，也是小岚心中所希望的。能被伯伯委以重任，是小岚的福气。"

"小岚，朕真找对人了。"秦始皇微笑着说，"为了你们的安全，为了把诏书平安送达，你们此行不能让任何人知道。你现在回去跟你的小伙伴说明情况，只等天一黑，你们就去行宫的后门，那里有一辆马车等着，马夫是信得过的人，他会把你们送到上郡的。"

小岚说："小岚知道了。"

秦始皇朝小岚挥挥手，说："孩子，去吧！一路顺风！"

小岚"嗯"了一声，她深深地看了秦始皇一眼，她知道，此行是永别，她再也不会见到这位历史巨人了。

小岚觉得眼睛有些湿润，她赶紧离开了清平宫。

第17章
被黑衣人抓住了

小岚回到住处时,太阳已落下,暮色迷蒙。她悄悄地找来晓晴和晓星,把秦始皇交代的任务说了。晓晴一听便高兴地说:"这下好了,扶苏大哥有救了!"

小岚"嘘"了一声:"小声点儿。"

晓晴赶紧捂住嘴。

晓星小声说:"那我们赶紧回上郡去。圣旨一下,扶苏就是太子,赵高想扶胡亥做皇帝也没可能了!扶苏大哥不用死,蒙恬大哥也就不用死,哇,大团圆结局,真是太好了!"

小岚说:"等会儿天一黑,我们就到后门上车离

开。"

晓晴说："噢,那我得赶快去收拾行李。"

小岚一把拉住她："行李一样都不能带,免得被人察觉我们要出门。"

晓晴嘟着嘴："啊,那些化妆品和衣服都不能带吗?"

小岚斩钉截铁地说："不能!"

这时,秋月带着宫女、太监送晚餐来了。三个小伙伴赶紧吃饭,小岚和晓晴心里有事,都吃不多,只有晓星担心等会儿上路没好东西吃,所以放开肚皮大吃特吃,饱餐一顿。

吃完饭,小岚对秋月说："你们收拾好碗筷就休息吧,不用伺候我们了。我们等会儿去花园玩,会很晚才回来睡觉。"

秋月行了个礼："是,公主。"

秋月等人离开后,小岚看看天色已黑,就朝两个小伙伴招招手："我们走吧!"

晓晴苦着脸说："真是一点儿东西都不能带吗?我想带点儿化妆品,我不想在扶苏大哥面前一张素脸,不好看。"

小岚眼睛一瞪:"有谁捧着化妆品去游花园的?你想泄露行踪、坏了大事吗?"

"是嘛!姐姐要美不要命!我就不会坏大事!"晓星得意地领头走出了屋子。

也许是吃饭时间,外面很安静,一路上只碰到一些巡逻的卫兵。三个小伙伴沿着花园的围墙,一路向后门走去,走了大约十分钟,便看见了那扇大木门。

走近一看,那门不像平日那样锁着,而是虚掩着的。看来,秦始皇早已做好安排。

拉开大木门,便见到一辆马车停在外面,一个中年男人站在马车旁边,见到小岚三人,便行礼说:"公主,小人奉陛下命令送你们去上郡,请上车!"

小岚笑说:"大叔,有劳了。"

车夫慌忙说:"不敢不敢!小人身份卑贱,公主叫小人张贵就行。"

晓星说:"张大叔,在小岚姐姐心目中,人是没有贵贱之分的,您就别客气了。"

小岚说:"是呀,您比我们年纪大,是应该尊您一声'大叔'的。"

堂堂公主,竟这样尊重自己一个小小车夫!张贵心里

百感交集,心想一定不负皇帝陛下重托,把公主平安送到上郡。

小岚三人上了马车,张贵说:"公主,你们安心睡觉吧!我会把车赶得又快又稳的!"

小岚说:"谢谢张大叔!"

张贵说:"应该的,公主太客气了。"

张贵说完,把车帘放下来,让几个孩子好好休息。

古人都是"日落而息"的,但对这几个来自现代的"夜猫子",离睡觉还早着呢!

晓星用手扒着车厢里的小窗口,想看外面风景,但古代不比现代,沿途都是乌灯黑火的,除了黑黑的树影子,什么也看不到。

晓星坐正身子,想了想,问小岚:"小岚姐姐,皇帝伯伯为什么让你连夜出发,把诏书送到上郡?难道皇帝伯伯要死了吗?"

小岚把食指搁在嘴唇边,"嘘"了一声,小声说:"小声点儿,不能让张大叔听到。"

接着她一五一十,把赵高在酒里下慢性毒药,之后又害死陆大夫一事说了。

晓晴和晓星听了,都咬牙切齿的,这赵高可真恶毒

啊!

小岚又说:"其实皇帝伯伯也很担心他死后有人乘机作乱,所以先立下遗书。"

晓星说:"皇帝伯伯真厉害,已经察觉了身边有坏人。"

晓晴说:"当然了,不然怎么有人说他是中国历史上最了不起的皇帝呢!"

他们你一句我一句地说着,不知不觉车子已走了两个多时辰,他们慢慢有了睡意,后来便一个接一个地进入了梦乡。

天刚亮时,他们被张贵的喊声惊醒了:"公主,你们快醒醒,快醒醒!"

小岚急忙掀开车帘往外一看,不禁大吃一惊,只见马车被十几个黑衣人团团围住了。张贵说:"公主,是来拦截你们的人。你们赶快跑,我来挡住他们!"说着"嗖"一下拿出一把大刀。

要换在平时,小岚肯定不会丢下大叔一人的,但今日情况特殊,她肩负着关系到大秦江山社稷生死存亡的重任,她大喊了一声:"大叔,千万小心!"然后扭头对晓晴、晓星说:"我们分头跑,跑得一个是一个。诏书在我

身上,万一我被抓住,你们就口头向扶苏大哥讲述圣旨内容,千万不能让赵高的阴谋得逞!"

晓星说:"是,姐姐!"

晓晴害怕得脸色惨白,说:"不,我们不可以分开跑,我害怕!我们一块儿跑吧!"

小岚瞪了她一眼:"勇敢点儿!只要我们其中一个能回到上郡,就有可能救到扶苏大哥!"

说着,她把放有诏书的小包袱往肩上一挎,然后跳下了车。但是,还没跑出几步,几把亮闪闪的刀便前后左右把她堵在中间,她再也无法动弹。

后面的晓晴和晓星,也是一下车,就被黑衣人包围了。

小岚担心地望向张大叔,只见他跟几个黑衣人搏斗着,身上满是鲜血,显然已挨了多刀。张大叔这时也朝小岚他们看过来,见到几个孩子被抓,急得大喊一声,挥着大刀想冲过来救他们,谁知这时有黑衣人又在他背后砍了一刀,他整个人颤抖了一下,然后向前一扑,倒在地上。

"张大叔!"小岚大喊一声。

张大叔一动不动,看来是不行了。

"你们这些丧尽天良的坏蛋!我要替大叔报仇!"小

岚疯了似的朝围着她的黑衣人拳打脚踢，她的勇气和怒火，竟吓得那些高大的黑衣人慌忙躲避。

晓星和晓晴见了，也鼓起勇气，像小岚一样，对黑衣人又是脚踢又是指甲抓，晓星还顺手抓起身旁一名黑衣人的手，狠狠地咬了一口……

一时间鬼哭狼嚎，一个似是头目的人跑了过来，骂道："你们这些笨蛋，怎么连几个孩子都抓不住！快把他们抓住，把诏书拿到手。"

第18章
挖洞越狱

几个人高马大的黑衣人扭着三个孩子的手,把他们往屋子里一推,然后"砰"的一声把屋门关上,接着在外面上了锁。

"你们这些坏蛋!臭蛋!黑心蛋……"晓星爬起来,用双手拼命拍门,一边拍一边喊着,"快把我们放了,你们这些坏人!臭人!黑心人……"

"停停停!"小岚对晓星说,"别吵,听外面的人讲什么。"

外面那小头目在说话:"李四,张三,王八,你们三个留在这里,好好看守着。这几个孩子古灵精怪的,你们

要格外留神,看好他们,别让他们跑了。"

有人问:"队长,我们要守多久?"

小头目说:"主人说,等他大事成功后,就亲自来处理这几个孩子。你们记得每天给他们吃的,要是他们跑掉了,或者有什么三长两短,主人会要你们的命!"

一阵急促的马蹄声渐渐远去,想是除了那三个人外,其他黑衣人都走了。

晓星说:"你们说,他们口中的主人,是不是赵高?"

晓晴睨了他一眼:"那还用说,用脚后跟去想,都知道一定是。"

晓星忍不住又骂:"这个大坏蛋赵高,坏蛋!臭蛋!臭鸡蛋!臭皮蛋……"

小岚说:"还是省口气,想想怎样越狱逃跑吧!虽然诏书被抢走了,但我们还是要想办法赶去上郡,制止赵高的阴谋。"

三个小伙伴开始观察屋内环境。只见这屋子大约三十多平方米,里面除了一地的干禾草之外,就什么也没有了。屋子的墙用黄泥砌成,墙身有半米厚,看上去很坚固。屋内只有一个比人高的用来透气和透光的小窗口,没有窗户,只密密地竖着一些粗大的树枝。

晓星说:"这墙是泥做的,我们可以抠个洞,逃出去!"

晓晴白他一眼:"我们什么也没有,怎么抠?"

晓星伸出十根手指,说:"用手指甲!"说完就像猫一样,用指甲去抓墙。

晓晴惊慌地看了看自己保养得很好的指甲,说:"不要,我不要用指甲抠墙!"

小岚说:"算了吧!用手去抠,恐怕指甲掉光了也抠不了多少。"

晓星说:"那我们抠门吧!"

晓星说着,跑过去使劲摇了摇大木门,大木门纹丝不动,不用问就知道是用很厚重的木头做成的。他长长地叹了一口气,说:"要是笨笨在就好了,它的牙齿那么厉害,准能把门啃个大洞!"

"墙不行,大门也不行,那就从窗口爬出去吧!"晓星说完跑到窗口下面,抬头观察着那些树枝。但他马上就泄气了,那些树枝,比他的大拇指还粗,而且排列很密,别说是人,连手都伸不出去。

晓星有点儿泄气:"墙不能抠,门也不能抠,窗口也出不去,那我们怎么办?"

他往草堆上一倒，但马上又跳了起来："哎哟，什么东西硌我的背！"

他用手扒开草，竟发现有一颗两三寸长的钉子。他赶紧捡起来，喊道："钉子，钉子，我们有工具了，有抠墙的工具了！"

小岚拿过钉子，试着在墙壁上一划，马上有一点点泥从墙上掉了下来。咦，还真行呢！

晓星高兴得满脸通红："是我发现的，是我发现的！"

小岚拍了拍晓星的脑袋："知道了，记你头功！"

晓星得意得手舞足蹈，他又说："我们轮流抠墙，我先来！"他拿过钉子，兴致勃勃地在后墙上找了个地方，使劲挖起来。可是，才挖了不到一分钟，他就苦着脸说："我的手好痛！"

大家一看，晓星的手已经破了一层皮。

小岚拿过钉子，用草捆住上半截手抓的地方，然后接着去挖。有草垫着也好不了多少，小岚挖了不一会儿，手上的皮蹭破了，火辣辣地疼。晓晴见了，接过钉子继续挖，但她就更糟，才挖了几下，就扔下钉了，扁着嘴看着磨破皮的手……

小岚一声不响地接过钉子,继续一下一下地挖着。

晓晴和晓星苦着脸,看着从墙上慢慢飘下的灰,天哪,什么时候才能挖出一个能让人钻出去的洞啊!

小岚的坚持感动了晓星,他抢过小岚手中的钉子,又挖了起来。一会儿,晓晴又拿过弟弟手里的钉子,继续挖着。

就这样挖呀挖呀,挖了很长时间,才挖了半个乒乓球那么大的一个凹点,而三个孩子的手,已经累得抬不起来,痛得抓不住钉子了。

小岚叹了口气,说:"休息一下吧!"

三个人倒在草堆上,都有点儿气馁,突然听到"咕咕咕咕"的声音,啊,是肚子在抗议了。看天色已是傍晚,他们连早餐、中饭都没吃呢!

这时候,窗子外面有人喊了一声:"喂,里面几个小孩,快来拿吃的!"

接着,窗子外面塞进来一包东西,放在树枝中间。

晓星一听马上跳了起来,跑到窗子下面,一蹦把东西拿了下来。

打开一看,是玉米饼呢!晓星给小岚和晓晴每人塞了一个,自己拿起一个张嘴就啃,玉米饼虽然又干又硬,但

总比饿肚子好。

吃完玉米饼,晓星打了个哈欠,说:"好累好困啊!"说完,就一头倒在草堆上,呼呼大睡了。

这边晓晴伸了个懒腰,说:"我也好累好困啊!"说完,也往草堆上一倒,也睡了。

啊,好过分啊!小岚看着这一对懒姐弟,气得真想一脚把他们踹进太平洋。都什么时候了,还只顾睡!要是逃不出去,别说没法救到扶苏大哥,连自己的小命都难保呢!既然赵高知道他们是去传圣旨的,为了掩盖罪行,怎会放过他们三个人!

小岚朝他们瞪了一会儿眼睛,想想他们也确实累了,只好说声"倒霉",拿起钉子继续去挖墙。又挖了半个时辰,才又挖大了一点儿,按这进度,不挖个十天八天也挖不出去。小岚心里很着急,十天八天,情况已经发生重大变化了,有可能一切都晚了,他们来这里的愿望已经无法实现了。

可是,除了挖洞这个笨主意,又有什么更好的办法呢?

手上好痛,她扔掉钉子,一屁股坐到草堆上,看看手心已经渗出血了,火辣辣地疼。天下事难不倒的马小岚,

现在真碰上难事了,她不禁在心里呼唤起来:"万卡哥哥,我该怎么办?我该怎么办?"

唉,要是万卡哥哥在就好了!

就这样想着想着,她迷迷糊糊地睡着了。

第19章
小五来了

蒙眬中听到有人在外面说话，小岚睁开眼睛，一缕阳光从窗口射进来，给地上涂上了一抹金色，原来已是第二天清晨了。

小岚坐了起来，她觉得外面有一个声音很熟悉，但又想不起来是谁。

"赵高大人知道你们在这里守着逃犯很辛苦，所以特地让我带了些烤鸡和酒来慰劳你们。"

小岚觉得熟悉的就是这个声音。

又听得外面几个留守的人嚷嚷着：

"赵大人怎么对我们这么好？少见呢！"

"一定是我们看守的人很重要,所以连赵大人也要对我们好。"

"有东西送来就吃吧,那么多话!这烤鸡不错哦,好吃,好吃!"

"小五,快给我倒酒!"

"小五!"小岚心里一阵兴奋,"是小太监小五!怪不得这样耳熟!好了,这回我们有救了!"

这时,晓晴和晓星也被外面的吵嚷声吵醒了。

"啊,他们在外面吃东西呢!"晓星吸了吸鼻子,"好香的烤鸡味。"

晓晴瞪了他一眼:"你就知道吃,等会儿人家给你一块肉,没准你就会向赵高投降变节了!"

晓星委屈地说:"怎么会!我恨死赵高了,他就是给我一头烤牛,我也不会动摇!"

小岚说:"别吵了!告诉你们,我们有救了!"

"啊,小岚姐姐真厉害,一晚上就把墙砸穿了!"晓星一听很兴奋,他满屋子找,"墙洞在哪里?在哪里?"

"你以为我是笨笨吗,一晚上可以把墙拱个大洞!"小岚一把揪住晓星的衣领,把他抓回来,"小五来了,就在外面。"

晓星大叫起来:"啊,小五,小五是来救我们的吗?"

"你住嘴!"小岚气急败坏地打了晓星一下,"你这么大声,外面会听到的!"

晓星赶紧闭嘴。

晓晴说:"小五是不是知道我们在这里,特地来救我们的?"

小岚说:"按道理他不会知道。因为赵高一定不想让人知道皇帝伯伯已写了一份诏书,也不想让人知道他派人抢诏书的事,所以小五是不可能得到我们消息的。"

"那是老天爷有意帮我们了,让小五这么巧来到这里。"晓晴说,"有什么办法绕过黑衣人,把我们被困在这里的事通知小五?"

大家正在你一句我一句商量办法,突然,小岚"嘘"了一声,说:"静一下。"

晓晴和晓星住了嘴,看着小岚,小岚说:"你们听听,外面没声了。"

晓星马上焦急起来:"啊,难道小五哥哥走了?啊,小五不能走,小五不能走!"

他急忙跑到窗口,抓住树枝往上攀,想看看外面情

况,边攀边喊道:"小五哥哥,小五哥哥!"

可是,他突然停止了叫喊,愣在当场。

小岚一见急了:"怎么了?外面发生了什么事?"

晓晴带着哭腔说:"莫不是小五被人杀死了?"

晓星跳下地,说:"外面看守我们的黑衣人,全死了!"

"啊!"两个女孩正震惊时,听到门外有人开锁,紧接着,那道关得严严的大门"哐当"一声开了,有个人走了进来,喊道:"宁国公主,晴小姐,星公子!"

这人正是小五。

"小五!"大家喊着跑向小五。

小五朝小岚行礼:"宁国公主。"

小岚一把拉住他:"小五,别顾那么多礼节了,快告诉我们,究竟是怎么回事?是谁跟你说我们在这里的?外面的黑衣人怎么一下子全死掉了?"

小五说:"我长话短说。我奉命去买祭祀用品,半路上见到一匹马上驮着个满身鲜血昏迷不醒的人,我近前一看,竟是陛下的近身侍卫张贵。张大叔是我同乡,与我素有交情,我扶起张大叔,拼命喊拼命喊,好一会儿他才醒来。他告诉我,你们三个人奉了皇上密旨去往上郡,半路

上被赵高的黑衣杀手捉住了,叫我马上禀告陛下,派人去救你们。"

啊,原来是张大叔报的信。

"原来张大叔没有死,他伤得那么厉害,还去找人来救我们!那,张大叔现在呢?"小岚着急地问小五。

小五难过地说:"张大叔刚对我说了你们被关的地方,就断了气。"

"啊!"三个孩子难过极了。

小五说:"张大叔死了,我也不知道信任谁,找谁帮忙。我横下一条心,决定自己一个人来救你们,我到御膳房偷了一壶酒和几只烧鸡,又去偷了一匹马,就跑来救你们了。"

小岚惊讶地说:"你一个人?外面那三个黑衣人是你打倒的?"

"我哪有那么大力气打败他们。"小五晃晃手里的一个酒壶,说,"我在酒里放了迷药,那几个人认得我是宫里的太监,也没加提防,所以全被我迷倒了。"

晓星一把抱住小五:"小五哥哥,你真是大智大勇、大情大义、大发慈悲、大……"

小岚突然想起了什么,她的心狂跳起来,问:"小

五,你刚才说出去买祭祀用品,宫中是谁去世了?"

小五说:"是皇帝陛下驾崩了!"

"皇帝伯伯驾崩了?!"三个孩子虽然早已知道很快有这么一天,但是听到这消息时,心里仍然十分难受。

小五接着说:"赵高和李丞相宣读了陛下留下的两封遗诏,一封是立小公子为秦二世,另一封……"

小五难过得说不出话来。

小岚虽然早已从历史书上知道赵高伪造的遗诏内容,但她心里仍抱有侥幸,追问道:"另一封遗诏是什么内容?"

小五叹了口气:"是赐死公子扶苏和蒙将军。"

小岚心中未免震惊,事情正按历史的足迹一步步走着,接下来就是扶苏和蒙恬含冤而死了。她慌忙问小五:"你知不知道,往上郡传旨的使者出发了没有?"

小五答道:"出发了,我去偷马时,刚好见到他们坐上马车,正准备出发。"

"啊!"小岚说,"千万不能让伪旨送到上郡!我们得赶紧离开这里,马上赶去上郡救人。"

一行四人心急火燎走到驰道边上,小岚对小五说:"小五,谢谢你救了我们,谢谢你给我们救扶苏大哥争取

了时间，我们会记住你的。"

"不用客气，希望你能救出公子扶苏和蒙将军，他们都是好人啊！"小五说着，把手里的马缰绳交到小岚手里，说，"这是我骑来的马，你们拿去吧！争取早点儿赶到上郡。"

小岚把马缰绳塞回给小五，说："这马我们不能要，你赶快骑上，赶紧走吧！那几个黑衣人醒来后，你就有大麻烦了，赵高不会放过你的。你赶快逃吧，有多远逃多远。"

小五说："不，救公子扶苏要紧！这马给你们。"

正在推让时，听到一阵"嗒嗒嗒"的马蹄声，一辆马车驶来。小岚一看车夫挺脸熟的，仔细瞧瞧，原来是之前送她去上郡的车夫伯伯。

车夫也看见了站在路边的小岚，"吁"喊了一声，马停了下来。车夫笑眯眯地看着小岚："小姑娘，我们真有缘啊，又碰面了。"

小岚心中大喜，上前一步，说："伯伯，遇到你真好！能尽快把我们送回上郡吗？"

车夫说："行，快上车吧！"

小岚对晓晴、晓星说："你们先上车。"

她又扭头对小五说:"好人一生平安。小五,你心地善良,见义勇为,你会有好报的。再见!"

小岚上了车,见晓星手里拿着什么,一看,原来是个酒壶:"晓星,你干吗呀,怎么把小五装迷药的酒壶拿来了?"

晓星说:"我们来了秦朝一趟,也得替宾罗伯伯带点儿古董回去呀!离开行宫前,你又什么都不让我们拿。所以,就把小五用来迷倒黑衣人的酒壶拿了,带回去,好歹也算是个古董。"

晓晴说:"我看里面还有酒呢!你可要小心点儿,别一时忘了,咕噜咕噜喝了,弄得昏迷不醒,到时我和小岚可不管你。"

晓星说:"嘻嘻,我才不会那么笨。"

车夫听小岚说有十万火急的事要赶去上郡,便快马加鞭赶路……

第20章
扶苏喝下毒酒

赵高派出的使者到达军营时,扶苏和蒙恬正站在一幅巨大的军事地形图前指指点点,计划着怎样巩固边防,提防匈奴时不时的骚扰。见到使者带来了皇帝的圣旨,两人忙跪地听读。

但是,圣旨内容却如雷轰顶,把他们当场惊倒。

那封伪造的圣旨,字字句句全是对扶苏的不实谴责:"你和蒙恬将军统率数十万大军驻守边疆,十几年来不能前进一步,耗尽人力却无尺寸之功,反而屡次上书诽谤朕的所作所为,因为不能回京做你的太子而日夜怨恨,这是大不孝,令赐毒酒自尽!蒙恬将军不匡正扶苏的错误,也

应该知道扶苏的图谋,这是不忠,赐死!"

扶苏和蒙恬二人简直不相信自己的耳朵。事实上,扶苏与蒙恬镇守边疆多年,修筑长城,驱走入侵的匈奴,建城数十座,扩地数百里,功不可没。扶苏屡次送奏章到朝廷,也是关心国家大事,献计献策,怎么就成了诽谤皇帝,成了不孝子?

扶苏接过圣旨,看着圣旨上面盖着的大红印,他毫不怀疑这是父皇的圣旨,因为普天下能使用这玉玺的,只有父皇一人。扶苏从不怕死,为保家卫国,抛头颅洒热血,眉头也不会皱一下,但如今背上这莫名其妙的罪名去死,这怎不叫他悲痛万分。而把这罪名加到他头上的,还是他最敬爱的父亲。

这时,蒙恬腾地站起来,吼道:"真是莫须有的罪名,我不服!"

使者拿出酒壶,倒了一樽酒,说:"公子,将军,别让下官难做。圣命难违,请受酒吧!"

蒙恬在旁厉声道:"你聪明的话就赶快住嘴!你知不知道,只要我一声令下,立刻让你人头落地!"

使者吓得战战兢兢:"下官使命在身,不得不履行职责,请将军体谅。"

扶苏喝下毒酒

扶苏一向为人善良，见使者这样说，便对蒙恬说："蒙兄，你又何必为难使者大人。"

扶苏向着咸阳方向拜了几拜，苍白的脸上淌着两行泪水，悲痛地说："父皇，孩儿谨遵父命，先走一步了。望父皇健康长寿，大秦江山万万年。"

说毕，就想过去接过使者手中的毒酒。

"公子，不能这样！"蒙恬把扶苏拉住，说，"皇上派我带领三十万大军守卫边疆，让公子担任监军，这是信得过我们。现在无端端派使者来，赐我们毒酒，这很值得怀疑呢！我们应该马上赶回咸阳，问清楚陛下，之后再死也不迟。"

扶苏伤心地说："父皇既要我死，还要问什么？！"

说完，他拿过使者手中毒酒，一饮而尽。

蒙恬大惊，喊着："公子，公子，公子！"

扶苏这时身子已软，一个趔趄，颓然倒下。

这时，闻讯赶来的将士们都纷纷围上去，大喊："公子，公子，您不能死，公子，您是好人哪！"

许多人用憎恨的眼神瞪着使者等人，使者见情况不妙，赶紧跑了。

蒙恬悲痛万分，仰天长啸："天啊，为什么？这是为

什么？"

他两拳紧握，牙齿咬得格格响，他对自己的副将吩咐了一声："王离，好好守住公子，我马上赶去咸阳，替公子讨个公道！"

说完，他牵出大白马，奔出军营。

蒙恬快马跑出军营时，正好与急急赶来的小岚三人擦肩而过，晓星喊着："是蒙大哥！蒙大哥，你去哪里？"

蒙恬说："我要去问明陛下，干吗黑白不分，忠奸不明，竟要赐死本将和公子！"一边说，一边已骑着大白马箭一般奔了出去。

小岚急得大喊："蒙大哥，蒙大哥，你回来，你不能去！"

晓晴和晓星也跟着喊："蒙大哥，快回来！"

但蒙恬和大白马已没了踪影。

晓星哭丧着脸："小岚姐姐，我们快叫人去追蒙大哥回来。"

小岚叹了口气："我们还是来晚了一步，追不回来了。你不记得，蒙大哥的大白马是千里马，跑起来速度是其他马的几倍。"

"呜呜呜，我的蒙大哥，可怜的蒙大哥！"

小岚心里也很难过,看来历史车轮不可逆转,蒙大哥这一去,不能回来了。她拍拍晓星的背,说:"别哭了,我们赶快去看看扶苏大哥吧!"

三个人赶紧跑进军营,看到扶苏已倒在地上。小岚按捺着心内悲伤,对王离说:"王将军,刚才我们在大门口碰到蒙将军,他让我告诉你,把扶苏大哥的遗体交给我们,由我们负责安排葬礼。"

"交给你们?"王离看着三个孩子,有点儿犹疑。

"是的,没错。"小岚看了王离一眼,又说,"蒙将军已经交代我们怎么办了,你放心就是。"

王离点点头:"好吧,就交给你们处理。你们安排好以后,就通知我,我们全体兄弟要去送公子最后一程。"

小岚说:"行,一定通知你们。"

王离流着泪朝扶苏叩了几个头,然后命士兵驶来一辆马车,他自己亲自把扶苏抱上马车,三个孩子也随即上了马车。

马车驶了半个时辰,小岚叫赶车的士兵停车。她跳下车,对士兵说:"兵哥哥,你回去吧!剩下的事情我们会处理的。"

士兵答应一声,徒步回军营去了。

小岚拉着马缰绳，喊了声："驾！"

马儿马上撩开四蹄跑了起来，一会儿跑进了一片树林，走到树林深处，小岚"吁——"喊了一声，把马叫停了。

她跳下车，撩开车帘，朝里面的晓晴、晓星喊道："来，我们一起把扶苏大哥抬下来。"

三个半大孩子抬起一个身形高大的扶苏，十分吃力，当他们用尽九牛二虎之力，成功地把扶苏搬到了草地之后，已经累得气喘吁吁了。虽然很累，但每个人都异常兴奋，晓晴大叫着："成功了，成功了！我们终于成功了。"

晓星说："不，我们只成功了一半，蒙大哥他……"

小岚说："是啊，等着蒙大哥的命运，是监禁下狱，之后赐死狱中，我们没能把他救出来。"

"蒙大哥啊！"晓星嘴一扁，又哭了起来。大家都眼泪汪汪的，心里默默地哀悼着那位忠肝义胆的英雄。

"大家别难过了，我们已尽了力，也许这就是历史，不可抗拒的历史。"小岚首先收拾心情，她拿出一个小布包，说，"这是小五给我们的食物，大家都饿了，先吃点儿东西填填肚子。"

小岚从布包里拿出一只烧鸡,撕了一只鸡腿,递给晓星,晓星接过,一边抹眼泪一边把鸡腿咬了一大口。小岚又撕下了另一只鸡腿,递给晓晴。

晓晴接过鸡腿,咽了咽口水,又重新包起来。小岚说:"怎么了,又减肥!"

晓晴说:"才不是呢!我要留给扶苏大哥!"晓晴说着,跪到扶苏的跟前。

小岚说:"吃吧,这布包里还有呢!"

看到这里,读者心里一定很奇怪吧,怎么回事?扶苏不是死了吗?晓晴怎么还要留鸡腿给他?

难道是……难道是她想留给扶苏大哥的鬼魂?我的妈呀,鸡皮疙瘩都冒出来了。

这时候,晓晴突然大叫一声:"快来,你们快来!扶苏大哥他、他……"

第21章
永别扶苏

小岚和晓星急忙围了过去,眼睁睁地看着扶苏的脸。只见扶苏那长长的眼睫毛抖了几抖,眼睛慢慢睁开了。

"扶苏大哥!扶苏大哥!"几个孩子激动地喊着。

扶苏那双秀气的眼睛呆呆地看着蓝蓝的天空,然后他又把视线慢慢地移到了小岚脸上。他眼睛突然一亮,坐了起来:"小岚!"

小岚含着泪水,说:"是,我是小岚!"

扶苏眼神十分迷惘:"怎么回事?我不是喝了父皇赐的毒酒,已经死了吗?"

晓星笑嘻嘻地说:"扶苏大哥,你喝的不是毒酒,只

是放了迷药的酒呢！"

究竟发生了什么事？原来……

事情得回到小岚他们被小五救出以后，赶来上郡的路上。

马车在去往上郡的路上飞奔，小岚生怕赵高派出的使者比他们早到，不断地催促车夫："能再快一点儿吗，能再快一点儿吗？"

车夫也想帮他们，于是一路不断地挥鞭子赶着马快跑，快到上郡的时候，马儿终于支持不住了，腿一软，跪在地上，不管车夫怎样努力，它都不肯起来。车夫无奈地跟小岚说："小姑娘，很抱歉，看来我这马真的跑不动了。不过现在离上郡已不远，你们走路去也花不了多长时间。"

小岚没办法，只好按伯伯建议的去做。给了车钱，告别了伯伯，三个人急急地朝上郡方向走去。

走了一会儿，突然，听到后面有"嗒嗒嗒"的马蹄声，他们回头一看，有两辆马车正向他们跑来呢！

晓星高兴地说："咦，我们可以再坐一程马车呢！"

小岚突然发现那两辆是宫中马车，连忙拉住晓晴和晓星："快躲起来。"

两辆马车驶近,他们见赶马的正是宫中太监,车子驶得飞快,一下就从他们面前驶过去了。

晓星着急地说:"啊,马车上肯定是送假诏书的使者!哎呀,怎么办?他们一定比我们更快到达上郡呢!"

晓晴快哭了:"啊,不要,不要,我不要他们去杀死扶苏大哥!"

"别吵,你们看,车子停下来了!"小岚指着前面。

晓晴和晓星一看,真的,那两辆马车真的停了呢!有两个人下来了,其中一个还提了个小包袱,两个人进了路旁的小树林。

小岚说:"有转机!我们赶快过去,看有没有办法偷了他们的马车!"

借着树木的掩护,他们悄悄地走近马车,但马上发现,两辆马车的赶车太监都站在车子前面,用水桶给马喝水。从拉开的车帘往里看,还看见每辆车里都坐着两个高大威猛的带刀卫兵。看来,抢走马车是没可能了。

小岚眼珠一转,又说:"还有办法!那下车的两个人,肯定有一个是使者,使者一定会把诏书随身带着,我们过去看看,看能不能趁他们不留神,把诏书偷走!"

三个孩子又悄悄朝树林里走去。

从树的间隙看过去，从车上下来的两个人，一个穿官服的应该就是使者，另外一个看上去是侍从，他们走到一块平整的大石头前面停住了。

使者从包袱里拿出一个小酒壶，一个小纸包，对侍从说："你把这包毒药放进酒里，等会儿要给公子和蒙将军喝的。"

侍从嘟嘟囔囔地说："大人，怎么不弄好再上路？"

使者说："多嘴！赵大人说，这是一种毒性特别强的药，但不能过早和酒调和，不然会失效的。"

侍从声音有点儿抖："大人，我们用这么恶毒的方法，去杀公子扶苏和蒙将军这样的好人，将来会不会下地狱呀？"

使者说："如果这事办不好，我们就比下地狱还惨，赵高大人能放过我们吗？到时灭十族都有可能。小心点儿，别弄砸了。"

"是。"侍从慌忙答应着。

使者又说："等我走远点儿才弄，听说那药刚跟酒混合时，味儿难闻死了。"

听到一阵窸窸窣窣的声音，使者踩着地上干枯的树叶走开了。

听得侍从嘀咕道:"这老家伙真坏,把这么缺德的事情留给我干。"

只见侍从把酒壶放在大石头上,打开盖子,又把纸包里的粉末倒进酒里。看样子那药的气味真的很难闻,侍从捂着鼻子跑开了。

小岚一看,大石头上的酒壶,跟晓星手里拿着的装了迷药的酒壶一模一样,脑子里电光火石般一闪,一个念头"嗖"一下涌上心头。她一把夺过晓星手里的酒壶,箭一般跑向大石头,把手里的酒壶跟放在大石头上的酒壶对换,然后又箭一般地跑了回来。

这时,侍从转回来了,他用鼻子嗅嗅,嘀咕了一声:"咦,这怪味儿散得倒快,一点儿也没有了。"他把酒壶的盖子盖上,往马车那边走去了。

他一走远,晓晴和晓星就一人抓住小岚一只胳膊,猛地晃起来:"哇!小岚,你真厉害,想出这么好的主意!"

小岚挣扎着:"喂喂喂,我的手快断掉了!"

晓晴说:"小岚,你太聪明了。等会儿扶苏大哥喝了有迷药的酒,就会马上倒下,使者就认定他喝了毒酒死了,回去复命,那扶苏大哥就神不知鬼不觉地活下来

了。"

晓星说:"咦,我也有功劳呢!要不是我拿了小五的酒壶,那么……"

小岚说:"是是是,你也有功劳,给你记头功!"

后来,事情就按着小岚他们设想的发生了。使者以为扶苏死了,急忙回去向赵高复命;而军营里的人,也以为小岚领走的是扶苏的遗体。这世界上,除了小岚三人,谁也不知道扶苏仍然活着。

扶苏听完,还愣了好久才回过神来,他看着三个孩子,伤感地说:"首先很感谢你们的救命之恩,但是,既然是父皇要我死,我又怎可以偷生?"

小岚说:"扶苏大哥,你错了,皇帝伯伯不但没有要你死,他还写了诏书,要立你为太子,让你继承皇位呢!"

"啊!"扶苏惊诧地看着小岚。

小岚一五一十,把他们混进皇帝的车队,秦始皇怎样信任他们,让他们带密诏来上郡,半路又怎样被赵高派人追杀,抢走诏书全告诉了扶苏。

扶苏随着小岚的讲述,一会儿喜,一会儿悲,听到父皇驾崩的消息时,不禁"扑通"一声跪在地上,泪流满

面，弄得小岚和晓晴、晓星都陪着他掉眼泪。

晓晴抹着眼泪，说："扶苏大哥，你别哭了。其实你现在手中有三十万大军，你大可以带领这军队，杀往咸阳，夺回帝位，也为你的父皇报仇雪恨。"

扶苏摇摇头，说："密诏既已被抢走，再无证据证明父皇要传位给我，我带大军杀回去，是名不正言不顺，天下人都以为是我谋朝篡位。更何况，战事一起，又不知道有多少人要死于沙场，有多少人家破人亡。还有，现在继位的是胡亥，是我的骨肉同胞，我不想骨肉相残！"

三个孩子听了无言以对，以扶苏这样一个善良的人，他绝对不会忍心杀死胡亥的。看来，除了扶苏没有死之外，世界还是按着原来的轨迹运行着，这就是历史，不可抗拒的历史。

小岚沉吟一会儿，说："扶苏大哥，我尊重你的意愿。那你今后有什么打算呢！"

扶苏说："我想马上去集合一帮志同道合的江湖好汉，去咸阳救出蒙将军。"

小岚一听高兴地说："太好了！扶苏大哥，我们跟你一块儿去！"

扶苏坚决地说："小岚，你们帮我够多的了，我不知

道怎么感谢才好。这次去咸阳救人,危险重重,九死一生,我不会让你们去冒险的。我死了不要紧,但我不想让你们有半点儿损伤。"

小岚想想他说得也有道理,即使自己不怕,也不能让晓晴姐弟跟自己去冒这个险,便不再坚持了:"扶苏大哥,你一定要小心。还有,你不能让任何人知道你没有死的事,要不赵高一定不会放过你的。"

扶苏说:"我明白,今后世界上已没有了扶苏这个人。"

晓星拉着扶苏的手,说:"扶苏大哥,你一定要救出蒙将军,我来就是要救你和蒙将军的。我没做成的事,你要替我完成啊!谢谢你了!"

扶苏说:"你放心,如果救不出蒙将军,我也不会苟活。"

小岚看着扶苏悲怆的脸容,担心地说:"扶苏大哥,生命诚可贵,不管怎样,你都不要轻易放弃。答应我,要好好活下去!"

扶苏被小岚的关怀打动了:"小岚,谢谢你,我会记住你的话的。我们就此别过了,我要抓紧时间去找人救蒙将军。"

　　晓晴哭着拉住扶苏的手："扶苏大哥，我舍不得你。"

　　扶苏说："我也舍不得你们，有缘的话，我们还会相见。小岚再见，晓晴再见，晓星再见。"

　　"扶苏大哥再见！"

　　看着扶苏离去的背影，小岚突然想起了什么，急忙大喊一声："扶苏大哥，等等我，我有东西给你！"

　　小岚跑到扶苏跟前，把之前赎回来的羊脂白玉佩递给他："扶苏大哥，这是你娘留给你的玉佩，我替你赎回来了，你收好。"

　　扶苏看着手里的玉佩，眼里冒出泪花："小岚，我怎么谢你才好呢？我一定好好保存这玉佩，子子孙孙留传下去。再见了，小岚，今日一别，不知什么时候才能再见。今后，如果你听到了'山有'这名字时，请你记住，那就是我……"

　　"嗯。"小岚说，"扶苏大哥，快走吧，救蒙将军要紧！"

　　扶苏又再深深地看了小岚一眼，好像想把她永远记在心里，然后，转身走了。

　　小岚看着他渐行渐远的背影，心里默默地想，扶苏大

哥，你保重！希望你一生平安！

不知什么时候，晓星和晓晴也跟了上来，站在小岚身旁。三个人看着扶苏的背影，直到完全看不见。

小岚说："我们来这里的使命完成了，也该回到未来了。"

晓晴眼泪汪汪地说："我们永远也见不到扶苏大哥了吗？"

小岚说："只要他安好就行。"

第22章
扶苏的后人

这年圣诞,虽然晓晴和晓星回了中国香港跟他们父母过节,但小岚的父母马仲元、赵敏来了乌莎努尔,这让小岚高兴得一天到晚笑得合不拢嘴。

这天晚上,灯饰把月影湖点缀得就像仙境一般美,万卡和小岚陪着马仲元夫妇在月影湖畔边品茶,边闲话家常。马仲元跟万卡谈着国际形势,十分投契,而小岚则跟妈妈在一旁说悄悄话。

小岚像小时候一样挨着妈妈,把脑袋拱在妈妈怀里撒娇。赵敏笑着说:"瞧瞧,都读大学了,怎么还像个小娃娃一样!"

小岚说:"我就喜欢做爸爸、妈妈跟前的小娃娃嘛!"

赵敏看着女儿的手腕,说:"咦,我给你的那只羊脂白玉手镯呢?"

小岚说:"妈妈,对不起,我……"

小岚把之前穿越时空,在秦朝发生的所有事,一五一十跟妈妈说了。小岚没注意到,马仲元不知什么时候已停止了跟万卡的热烈交谈,专注地听着小岚说话,他脸上的神情越来越激动。

当小岚说完后,马仲元问:"小岚,你说扶苏后来隐姓埋名,用'山有'这名字活在世上?"

小岚回答说:"是。"

马仲元说:"女儿,你知道吗?我们家的族谱可以追溯到两千多年前,据族谱上面记载,我们的祖先就叫做山有。"

"真的?"小岚惊讶极了,"啊!我们的祖先叫山有?"

马仲元又从脖子上解下一条项链,交到小岚手里:"女儿,你仔细看看这项链。"

小岚有点儿奇怪,不知道父亲为什么有这样的举动。

但当她接过项链,看见项链上挂着的那个温润无瑕的羊脂白玉佩时,马上有一种很熟悉的感觉,她心里一颤,莫非是……

她再仔细看,不禁"啊"了一声——玉佩上面,竟然刻着两个字:怀玉。

毫无疑问,这是小岚穿越时空去秦朝,替扶苏从玉器铺赎回来的那一块羊脂白玉佩。小岚望着父亲,结结巴巴地说:"这……这不是我替扶苏赎回来的,他娘亲留下的玉佩吗?天哪!这是怎么回事?"

马仲元说:"这玉佩是我家祖上留传下来的,听说已传了很多很多辈,有两千多年了。到了我们这一辈,玉佩本来由你伯父保管,不久前,你伯父说我是研究古文物的,玉佩由我保管更为合适,就交给我了。"

小岚腾地站了起来,激动地说:"天哪!爸爸,原来您是扶苏的后人!"

在场的四个人心情都很激动。小岚回到两千多年前,救了扶苏,才有了这两千多年的生生不息、后代繁衍,才有了马仲元。而在两千多年后,马仲元又救了小岚,跟她成为一家人,天哪,是一个多么令人感动的传奇故事啊!

小岚抬眼望向长空,扶苏大哥,在两千多年后的今

天，我终于听到了"山有"先生的名字，知道了你的消息。谢谢你，扶苏大哥，因为你勇敢地活了下来，才让我有了如今这温暖的家，以及一切一切……

她情不自禁地喊了起来："扶苏大哥，你好吗？我是小岚……"

声音在夜空中回荡，不知这问候能否穿越时空，传到两千年前的扶苏耳中？